根本きこの島ぐらし島りょうり

根本きこ

まえがき

自分が沖縄のやんばるの森で暮らすことになるとは、誰も予測していなかった。そして、あれから数年をかけてこの島を巡ると、その深さに圧倒される。深いと思ったら羽のような軽やかさもあって、この島独特の絶妙なバランス感覚は学ぶところがほんとうに多いのです。

この本に綴《つづ》ったジャングルのなかでの生活は、思ったよりもずっとずっと快適で、現代はインターネットで買い物もできるし車があればどこへだって行けるから、不自由ということはちっともない。むしろ、「不自由」をわざわざ作ってはたのしんでいる節《ふし》もあって、それは壮大な「コメディ」のようでもある（って、誰かが言っていて「まさに！」と膝《ひざ》を打ったのでした)。

だからこの本は、「沖縄はいいところだからみんなおいでよ！」という類《たぐ》いの本ではないのかもしれない。311以降、住み慣れた土地から離れて暮らした日々を、「わたしの場合」として書き留めたものです。

あのとき、沖縄に来た当時、わたしたちは相当振り切っていて、その後5年の歳月をかけてなんとか中庸に持っていくようによろよろしてます。今もその真っ只中ではありますが……。なので、にっちもさっちも右往左往していてちっともスマートではなくお恥ずかしい限りです。

せめて、未来輝く小さき人たちには、このようにおとながやらかしている様子を横目に、なんとか切り抜けてほしいと思っています。そのための実験ライフだと思うとだいぶいい感じです。

やんばるの
森に
暮らす

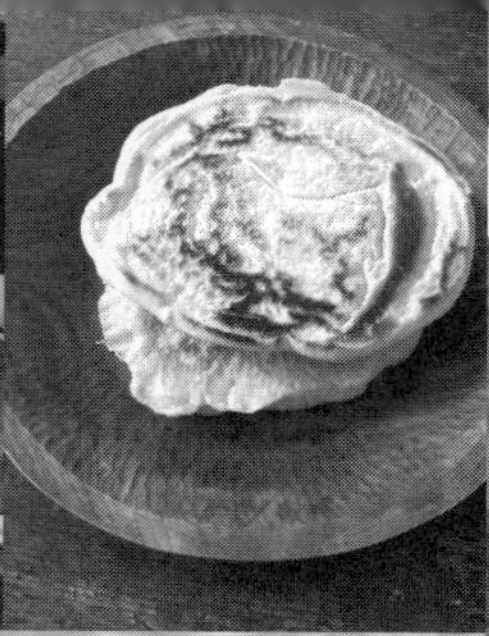

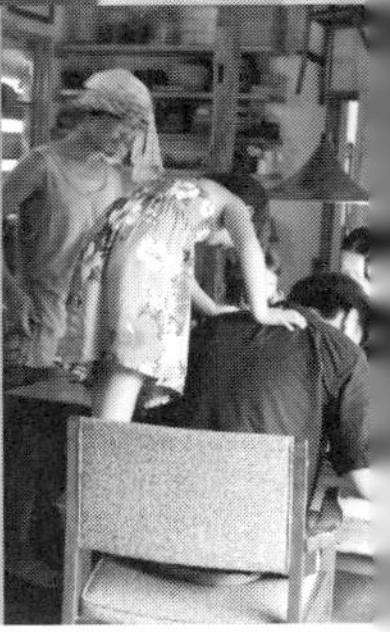

目次

はる

なつ

あき

ふゆ

あたらしい家族

写真
西郡潤士
松田祐子
ブックデザイン
藤崎良嗣
五十嵐久美恵 pond inc.

はる

寒さもやわらぎ、「ようやく春だなぁ」とほどけるような気持ちになることはなく、
1月に濃いピンク色のカンヒザクラが咲き、
2月の長雨のなか除湿機なしでは洗濯物が乾かず、
3月の田植え、4月はすでに半袖という南の島。それでもなんとか
蛇口から出てくる山の水の水温だけは、ひっそりとほのかに温かみを宿します。
朝いち、水を口に含むと、その温度がいつもと違う。
土や砂の網の目を縫って、我が家に流れてくるひと筋の水の巡りに、
ちいさい春見つけた。

ぴかぴかの1年生

この春（２０１５年）、娘が小学校に入学した。学校ではたったひとりの新1年生になる。

「行ってきまーす！」

元気に駆け出していく彼女の後ろ姿を見ながら、「あんなに小さかったのになぁ……」と、見送りつつしみじみしてしまった。これから村の学校までの山道を、茶色い大きなランドセルを背負って、とことこ健気《けなげ》に歩いて行くのだな。

入学前に行われた学校説明会で、わたしはいくつかの質問やお願いをした。娘の牛乳アレルギーや、気になるマーガリンのトランス脂肪酸が入ったメニューの開示など、先生たちは我が家の申し出に丁寧《ていねい》に対応してくれた。その結果、給食の献立にマーガリンが使われている場合は、そのおかずに似通った代替品を作って持たせることにした。

揚げパンやスパゲッティ、きのこのソテーなど、マーガリン入りには蛍光ペンで線を引いてくれた。それらのメニューを「本日のお題」のように再現して作る。でもこのあいだ、献立表に「あみパン」と書いてあった。「？？？」果たしてそれは、編んであるパンなのか、それとも「あみさん」という人が考案したパンなのか、「あ」はあんこで「み」は味噌《みそ》……ではないだろうけど、まぁよくわからなかったので、結局は娘の好きな豆乳で作るフレンチトーストを持たせることにした。

こんなふうに「他の子と違うものを食べる」ということに、うちの子はそれほど抵抗がないようで、そして過疎地ゆえに生徒数もうんと少ないせいか、数の圧力のようなものもないのかもしれない。でも社会は「ひとりだけ違う」ということが、ときにプレッシャーになる場合もあるから、その辺は内心ほっとしている。そしてそんな代替メニューを作るのも、けっこう楽しいものなのだ。「揚げパンによもぎを入れてみよう」、「きのこのソテーはタイ風にしよう」など、ちょっとしたアドリブを加えながら作っている。ことの発端は原材料の懸念から始まったようだけれど、今ではそんな不安よりも、むしろ自分のパン作りのスキルアップのためにおおいに役立っているよう。

「人と違う」ということは、他人にさほど迷惑が及ばない範囲であれば、「個性」とも「多様性」とも受け取れるし、それに「こんなふうな考え方もあるんだな、ふむふむ」と頷《うなず》くことから始まるコミュニケーションもたくさんあると思う。だからちっとも引け目を感じることではないと思うけれど、とはいえ実際に行動に出るときは正直若干緊張もしてしまう。「理解してもらえるだろうか」「変な人と思われないだろうか」など、気弱な面が見え隠れ。そしておとなになると、知らず知らずに価値観がかっちり固定されてしまっていることに気がつく。たとえば給食も、「残さず食べること」に重きが置かれがちだけど、果たしてそれは正解なのだろうか。わたしはふたりの子どもの成長を見てきて、無理に食べさせなくともいつかは食べるようになるさと気長に構えるようになった。だからといって食べ残すのはもったいないことなので、そんなときは食べる子にあげるとか、飼育している動物のごはんにするとか、はじめから取り分けないとか、そういった他方向の工夫がもちろん大切。

たくさんの情報が交錯するなか、食のリテラシーは家庭それぞれ。「あれもだめこれもだめ」と目を三角にすれば、なんだか本末転倒のような気もしないでもない。

まいにちパンを焼く

子どもたちが大きくなって、それに伴《ともな》い朝食に食べるパンの量がたくさんになった。それにうちでは、学校に登校するときは給食のパンを持参している。というのも、大量生産のパンの材料に使われる一部のマーガリンにはトランス脂肪酸が含まれており、この物質は癌《がん》を誘発したり、認知症の原因のひとつではないかと懸念されている。欧米ではすでに使用が制限されていたり販売中止になったりと、いろいろな処置がなされているけれど、日本は添加物の規制が欧米ほど厳しくはないので今のところなんの制約もない。よその国がどんなふうな対応をしているか調べると、トランス脂肪酸は決して「だいじょうぶ」とは言い切れない。プラスティックと同じ成分構造を持つトランス脂肪酸はまるで、「プラスティックを食べているようなものだ」とも思う。

あれこれ考えて、「とらないに越したことない」と思い至《いた》り、そして手作りパンの日々が始まった。

作るパンは「捏《こ》ねないパン」。粉と酵母と塩と水を木べらでぐるぐると混ぜて、ふたをして長時間発酵させ、オーヴンで焼くだけ。目からうろこが落ちるくらい、すこぶる簡単。

全粒粉を少し混ぜたり、白神《しらかみ》こだまの野生酵母を使ったり、フィリングもあるときはグリーンレーズンと胡桃、またあるときは塩レモンとクミンシード、またまたあるときはヘンプナッツと黒胡麻と麻炭と気分でいろいろ変えている。その組み合わせは∞。それがたのしくてすっかりはまってしまった。

娘も「お母さんが作ったパン！」と嬉しそうに抱えるように持って行ってくれる。それはひとえに学校の先生や他の子どもたちが多様性を認めてくれ、そして個人の意見を尊重してくれているからだろうと思う。

トランス脂肪酸のおかげで（?・）、パンを作ることが日課になった。こういう転換は嬉しい。

捏ねないパンのつくりかた

全粒粉……１５０g
強力粉……４５０g
白神こだま酵母……小さじ½
塩……小さじ１
水……５６０cc

材料をボールに入れて、木べらで粉っぽさがなくなるまで混ぜる。ふたをして12時間ほど発酵させる。厚手の鍋（うちではル・クルーゼを使っている。取っ手はプラスティック製なので取り外す）にオーヴンシートをしき、生地を入れる。ふたをして２６０度で40分。ふたをとって15分ほど焼く。

味噌作り

毎年仕込む、手前味噌。

寒さが際立つ時期に、ひと晩浸けた大豆をじっくりと大鍋で煮る。にわかに大豆の甘い香りがそこらじゅうに立ち込めて、家の窓という窓が水蒸気でどんどん曇《くも》ってゆく。大豆を茹《ゆ》でている途中、きめの細かい泡がブクブクと浮かび上がってくる。もわっとメレンゲのような泡。何かの役には立たないか？　そういえばインドでは、ひよこ豆の粉末でお皿を洗うらしいので、同じ豆同士、その泡もきっとそういった作用があるのかもしれない。

そのうち大豆はふっくらとおいしそうに太り、皮を弾かせ、味噌にふさわしい柔らかさになる。このとき子どもが何度も鍋に通い、大豆をひと粒、もうひと粒とつまみ食いする風景はもはや恒例。

指で簡単につぶせるくらいの硬さの大豆を、熱いうちに棒でつついてつぶす。つぶし加減は好みで。まめまめしい味噌が好きなら、そんなに細かくしなくてもいいし、反対に粒々が気になるようなら、根気が勝負。トントン、ごりごり、ぱちぱちといろんな音を響かせ、豆をぺっちゃんこになるまで叩《たた》く。

つぶした大豆に糀《こうじ》と塩を混ぜて、丸めて容器に詰める。このとき全体に水分が少ないようだったら、大豆の茹で汁を少しずつ加えて調整する。容器に入れるときには、「ぺたん！」と空気を抜くように、丸めた味噌玉を容器の底に投げつける。

「ぺたん！」「ぺたん！」

子どもはこの作業がいちばん好きらしく、的を決めて力いっぱい投入する。なかには勢い余って容器を飛び越える味噌玉もあり、そのときだけはまわりから「もったいなーい」コールが湧き上がる。「しまった」という顔をしながら、次の味噌玉に挑む子どもは、この失敗を人生の教訓にするのだろうか。

味噌玉の表面を手の平で平らにし、パラパラとふり塩をする。容器にふたをし、そのまま冷暗所で3カ月ほど寝かせる。忘れた頃にはおいしく熟成された味噌に仕上がっているはず。容器のふちに白いカビがつくことがあるけれど、そこだけ取り除けば大丈夫。黒や青のカビだったら、気持ち多めに取り除いて、塩をふってカビの繁殖を抑《おさ》える。

味噌は大豆の他に小豆（小豆は2年くらい寝かせた方がおいしかった）、ひよこ豆、空豆、グリーンピース……となんでも作れるので、いい豆と出合ったらぜひに。

野菜の好きな食べ方

「○○が食べたい」と、突発的に具体的な料理名をあげることがある。たとえばセロリ単体が「大好物」かというと、そうでもない。でも、「いかとセロリの炒め」になると話は別、大好き。

にんにくとしょうがを刻み、油で炒める。ここに長葱といかげそを加え、さっと炒めて、酒少々。最後にセロリ、ひとつまみの砂糖、魚醬《ぎょしょう》（ナンプラー）で味をととのえて出来上がり。花椒《かしょう》があったらなお素敵。片栗粉でとろみをつけることもあるし、つけなくとも。

ほかにも、冷凍しておいた水餃子にセロリと焼き海苔を加えたスープ餃子。スープのベースは鶏の出汁。塩と醬油《しょうゆ》で味つけて、凍った水餃子をポンポンおとす。具に火が通ったら細く切ったセロリと焼き海苔をぱらり。仕上げに胡麻油を少々と胡椒をたっぷり挽《ひ》いて出来上がり。

それからセロリはじゃがいもともよく合う。厚手の鍋にオリーヴオイルをひき、にんにくを炒める。いい香りがしてきたら皮をむいて乱切りにしたじゃがいもを入れ、ふたをして弱火で7〜8分蒸らすように煮る。ふたを開け、大ぶりに切ったセロリと塩漬けのケイパー、オリーヴオイルを加えてさらに2〜3分蒸し煮する。ケイパーの酢漬けしかなかったら、ざるにケイパーを上げ少し乾かし、これに粗塩とドライハーブをまぶす。

という感じに、組み合わせによっては大好物になるからおもしろい。

それから沖縄料理は数あるけれど、わたしのなかのランキング1位が、「人参シリシリ」。

このレシピは素晴らしい。何がいいかってとにかく材料が少ないのがいい。人参、卵、塩、油。

まず人参をシリシリ（細切り）し、塩少々で和《あ》えておく。卵は溶いておく。フライパンに油をひき、卵を入れる。半分固まったらボールに戻す。フライパンに油を再度ひき、軽く水気を絞った人参を加え炒める。ここに卵を入れて混ぜる。そのとき人参の葉っぱがあったら少し刻んで加えると彩りがいい。

おとなから子どもまで、みんなに愛される人参シリシリ。

そして、「好きな野菜は」と聞かれたら、スナップえんどうとトウモロコシと枝豆と答える。まるで子どもの好物だけど、この場合素材そのまま茹でたり蒸したりして塩で食べるのがいちばん。

そのままがおいしいものと、合わせることによっておいしくなるもの。まるでお笑いのピン芸人かコンビかという感じ？

犬と暮らす

これまで猫派だと思い込んでいたけれど、気がつけばうちには2匹の犬がいる。沖縄のジャングル暮らし、「犬が欲しい」という気持ちは突然降りかかってきた。番犬としても頼もしく、それに犬とこの森で暮らしたらさぞ楽しかろうというイメージは違和感なくすーっと入ってきた。

そのうちの1匹は、友人を介してやってきた黒い中型犬。この犬のはっきりした素性はわからなくて、「コザの町を徘徊《はいかい》していたところを保護した」ということだった。なので名前はそのまんまコザにした。うちに来た当初は、それはそれは引きこもっていて、ずっと縁の下に身を潜《ひそ》めていた。ごはんの皿で引き寄せようと思っても、人間の気配を感知してぜったいに出て来ない。よほど怖い目にあったのか、かなりの臆《おく》病《びょう》犬だった。

(わたし)ごはんの皿を置き部屋に戻る→(コザ)スーッと這《は》い出てきて一気に貪《むさぼ》

る↓（わたし）空になった皿を下げる。そんなやりとりが続き、そのかたくなさに心が折れそうになったそのとき、縁側に座って日向ぼっこしていた私のひざに、もそもそっと上ってきたコザが頭をちょこんと載せたのだ！　あのときのことは忘れられない。ようやく認めてくれた嬉しさはもちろんだけれど、コザはコザなりに「慣れない場所でやっていこう」と決めたというか（なかば諦《あきら》めなのかもしれないが）、そんなコザの心境を思うと痛くてせつなくてたまらなくなった。「ごめんね」と「ありがとう」の気持ちが交ざったような複雑さ。

わたしはぎこちなくもコザのぼさぼさの頭を撫《な》でながら、「これからよろしくねー」と言った。

その後、コザの人生、いや犬生に関わる大きな事故があった。イノシシ避《よ》けのワイヤーネットに後ろ足二本をきつく絡ませ足が壊死《えし》してしまい、切断する手術を受けたのだった。コザはネットが絡まる3日の間、ぜったいに苦しかっただろうに、でもひと言も声を発しなかった。というか、これまでコザの鳴き声を1回も聞いたことがなかった。何となく気配がして草むらに入ってみると、そこに横たわるコザがいた。わたしはその姿を見て、息ができなくなった。わたしも家族もおいおい泣いて、苦しくて怖くて申し訳なくて、そんな取り乱しているわたしたちとは対照的に、コザはじっとだまって深淵を覗《のぞ》き込むような瞳でこちらを見ていた。コザの両足にはたくさんウジが湧き、どうやらそれを餌《えさ》にしていたらしく、だからか飲まず食わずのわりにはそれほど衰弱していなかった。

足を切断するため病院に行き、数日経ってようやく我が家に戻った。しばらくして、なにかがきっかけで「ワン！」と吠《ほ》えた。それは思ったよりずっと低い声だった。なにより「鳴いたこと」によって、何かが解き放たれたような気がして、それが嬉しかった。このときは混ぜ物なしで１００％嬉しかった。

２匹目の犬は、コザの息子にあたる。名前はラジ。コザは１回だけ子孫を残して、そして去勢した。

今、そんな２匹の犬といっしょに暮らしている。どっちもよく吠えて、そしてよく食べて、今日も２匹でじゃれあって遊んでいる。

犬は、かわいい。

にんにく仕事

沖縄では、冬の終わりから初夏まで、島にんにくが旬を迎える。島にんにくは通常のにんにくよりぐっと小振りで、薄皮が透明感のあるピンク色をしている。にんにく消費量が多い我が家では、時間を見つけては、にんにく10玉20玉と皮をむき、その象《ぞう》牙《げ》色のつるりんとした実を、やれ醬油漬けだにんにくオイルだと大量に仕込む。

皮をむく作業は、しっかりと時間に余裕があるときに限る。わたしは2週間に一回、「高江の座り込み当番」なるものを有志でしている。朝の8時から夕方の5時まで、名前の通りただ座っているだけのことが多いので、こういった単純作業にはうってつけ。もやしのひげ根取り、子どものズボンの繕《つくろ》いなど、毎回何かしら仕事を持って出かける。野鳥の声を聞きながら、黙々と手を動かすのはとても気持ちがいい。

醬油漬けは、実のなかでもとくに小さいものを集めて瓶に詰め、上からひたひたに醬油を注ぐ。3カ月ほど寝かせれば、醬油で黒光りした、いかにも「効きそう」な風

garlic oil
MAHALO!

格に仕上がる。泡盛にぴったりの酒のあて。漬けた醬油も炒飯や豆腐に無駄なく使う。

にんにくオイルは、皮をむいたにんにくをフードプロセッサー等で粗みじん切りにして鍋に入れる。ここに八角、しょうがのスライス、シナモンスティックを入れ、菜種油をたっぷりかぶるくらい注ぎ、中火にかけ、ふつふつしてきたら火をぐっと弱めてできるだけ細い火で40〜50分煮込む。くれぐれも焦がさないように注意して。わたしは一度、うっかり真っ黒焦げにしたことがある。皮をむくのがたいへんなだけに、落胆の仕方もそれ相応だった。

このにんにくオイルは、あら熱がとれたら小さな瓶に分けて詰める。大きい瓶だと開けるたびに空気に触れて、油が酸化してしまうからだ。

にんにくオイルはほんとうにいろいろと使える。醬油と割ってつけだれに、麵つゆと酢、そしてこのオイルで冷やし中華のたれに、カシューナッツやピーナッツをこのオイルで炒めて塩をしてビールのあてに、にんにくオイル＋塩のたれは、たたききゅうりにもぴったり。きのこを炒めてもおいしいし、豆腐ステーキもいける。

にんにく好きならきっと、さまざまなシーンで大活躍するはずよー（「よー」と語尾を伸ばすのは、沖縄イントネーション）。

作られた不安と向き合うこと

うちの子はかれこれ3年ほど小学校をドロップアウトしている。
「入学してから1週間でリタイアした」と言うと、誰もが「は、はやっ！」とびっくりする。親のわたしもほんとうに驚いたけれど、息子の表情を見て、しばらく様子を見てみることにした。

子ども「学校に行きたくない」

わたし「そう思うなら、ちょっとお休みしてみたら。また行きたくなったら、そのとき行けばいいんじゃない？」

たった6歳の子どもに、学校に「行く」「行かない」の選択をさせていることが果たしていいのかどうか未だにわからない。

学校に行きたくない理由はいくつかあるようだけれど、そのどれもがおおまかに言うと、「自分のペースで過ごせない」というものだった。時間の区切りにこころと身体がついていけず、まるで自分の領域を侵されるような危機感を覚えたようだった。「社会に出ると、自分の思い通りにできることばっかりじゃないから、そういうトレーニングが子どもの頃から必要なんだよ。そのうち慣れるから大丈夫」といった言葉を受ける。そんなニュアンスのことを言われるたびに、なんだかまるで最初から幸せレベルをぐっと下げたところから始まっているような、そんな気がしてならない。そこそこ期待しないほうがゆくゆくへこまなくていいよって。

「おとなになったとき困らないように」という部分ばかり重視してしまって、今の幸せとか、そのときの気持ちがおろそかにされてないかなぁと思う。当たり前のことだけど、「今」の積み重ねが「未来」になる。

わたしも小学校、中学に高校とふつうに通った。学校で習う勉強はそれほどおもしろくなかったけれど、友だちもいるし行くのが当然だと思い込んでいたので、まさかうちの子のように「行かない」という選択があるなんて夢にも思わなかった。そして未知の世界だけに、たまにぐわーんと、えも言われぬ不安に陥《おちい》る。

「このままで大丈夫なのだろうか」「将来、この子はどうなっちゃうんだろうか」「源氏と平氏を知らずしておとなになるのだろうか」

大きなことから小さなことまで、たちまちの不安を感じているわたしの隣には、好きなことに没頭している子どもの姿がある。それに、ひらがなもカタカナも、足し算も引き算も、（こっちはあえて教えていないのに）勝手にやっているではないか。彼らのペースで彼らなりの方法で知的欲求をたっぷりと満たしている。そのたびに、自分は将来の不安を（きちんと）するように、しっかりたたきこまれているなぁと感じる。でもそんな子どものことがきっかけで、せっかくだからこの際このいらない不安を手放したいとも思う。

うちの勉強

我が家の学習方法は、「牧場」と「とっこ学校」と「寺子屋」の3本柱。

牧場は馬を主体として、午前中は馬の大きな身体をブラッシングしたり、両手いっぱいに日向《ひなた》の匂いのする干し草を運んだり、馬の背中に乗せてもらったり。昼にお弁当を食べたら午後は個人の好きなように過ごす。トランポリン、ツリーハウス作り、ターザンごっこ……。そして何より、スタッフのNさんの馬にそそぐ澄んだ眼差《まなざ》しは、わたしには未知の世界の馬との深い関係性を物語っている。彼女と子どもたちの距離感は絶妙で、放っているようでも実はよく見ていたりする。そして例えばおとなから○□○□させたい、というような提案があっても、「子どもたちがやると言えばいいです」と、いつでも主体は子ども。彼女はとても素敵なフォームで馬に乗る。小柄で華奢《きゃしゃ》で中性的な雰囲気。そして彼女はいつのまにか妊娠して出産して、1カ月そこそこで赤ん坊連れでごく自然に現場復帰している。土と草と動物にまみれ、全身泥んこ

になりながらケタケタ笑う子どもたちに囲まれて、子どもは育つ。
牧場には馬の他にもたくさんの動物が住んでいて、ロバと山羊、それから犬と猫と鶏がわんさかいる。

この牧場が大切にしているのは、動物たちとの「言葉を交わさないコミュニケーション」。

わたしがいちばん「ほほう」と思うのは、うんちをとりたてて特別視しないということ。子どもたちにとって馬たちのボロ（馬糞）取りは日々の日課。排泄物《はいせつ》が身近にあるというのは、たぶん大切なことだと思う。

牧場では、中学生の年になったら沖縄を馬で1周する、というカリキュラムがあり、今からそれを楽しみにしている。前例では、馬でマックのドライヴスルーに寄ったとか。それは店員さんもびっくりするだろうな。

ある日、「馬に乗るとどんな気持ちがする？」と息子に聞いてみた。「え、わかんない。慣れたから、当たり前な感じ？」と言った。

「とっこ学校」とは、元公立の小学校教師だったとっこちゃん主宰のワークショップ。

彼女は今、シュタイナーの講師になるべく研修中なので、シュタイナー教育のワークを行っている。とはいえある日はじゃがいもの種植え。あいだにフォルメン（定規などを使わずに線、図形などを描くこと）をはさみ、午後も引き続き畑仕事。

そういった彼女のアイディアのアドリブもおもしろく、子どもたちからも絶大な人気を誇っているとっこちゃんなので、安心してお任せしている。とっこちゃんは情熱的で体力もあり声も大きく……と、「火」の要素がつよいので、子どもたちを盛り上げるのがとても上手。わたしはとっこ学校では給食係。エリンギやかぼちゃの種、いりこ、切り干しやひじき……などの炊き込みごはん。レンズ豆のスープ。モーイの漬物など、あるもので作る。

週に2日は親主体のホームスクーリングの日、「教育のD．I．Y」と称して近所の学校へ行っていない子どもを集め寺子屋のようなものをやっている。寺子屋で使っている教材は、糸山泰造《いとやまたいぞう》さんが作成している「どんぐり倶楽部」の算数の文章問題。これは「文章問題」というのがポイントで、まずは日本語の読解力を深めてから数の認識をつかむ。親は、子どもたちが問題に取り組んでいる最中は、口を出したいところをぐっと我慢して、ひたすら「待つ」というサポートをする。ヒントも出してはいけない。この姿勢で向かうと毎回たくさんの気づきがあり、自分で発見することを通して、本来誰もが持っている能力を目覚めさせるんだなぁと痛感する。あらためて子ども（人間）の考える力の素晴らしさに「人間ってすごいな」と純粋に感心してしまう。見えてくる人類生態学で従来のやり方では成し得なかったことの原因のひとつには、学習方法が関係しているのかもしれない、とすら思う（環境の問題や差別の問題。あきらめのラインや自己否定の感情など）。

それくらい子どもたちの発想は富んでいて、豊かな可能性にあふれている。12歳までに築き上げられる思考力（視考力）。それまでにたくさんの思考力の根っこを伸ばしてあげたい。子どももひとりひとり学ぶペースは違う。早い子もいればゆっくりの子もいる。その両方に寄り添って、じっくりゆっくり進んでいる。それくらい教育とは繊細で個性的なものなのだな。わたしは教育者ではないから、専門的なことはよくわからないけれど、12年間教育を享受した側として、その経験を活かして（思い出して）、子どもの気持ちに沿うことは出来るかなぁと取り組んでいる。

どんぐりのときはローテーションでおやつを持参して、それを食べながら問題を

解く。問題が解けなくても気にしない。考えるのがつらくなったら速攻やめてＯＫ。そうして「わからん帳」に入れて置き、「忘れた頃にもう一度やってみようか」と次の問題に進む。これまでに自分にインストールされた先入観をひっくり返される出来事と向き合うと、「おお」とたじろぎつつも、わくわくする。

ある日のお弁当から

子どもたちは週に3日、同じ村内にある牧場に通っている。牧場では馬の世話をすることが子どもたちの仕事、そして学びのすべてでもある。厩舎に入り、馬のふん（ボロ）を片づける。なかには裸足の子もいるが、「ボロを踏むと足が速くなるんだよ」と、まったく気にしない様子だ。蹄《ひづめ》の間に詰まった泥をかき出したり、馬の身体全体にブラシをかけて毛並みをツヤツヤにしてあげたりする。大きなリヤカーは草を山と積みあげて（もれなく小さい子も草の上に乗っている）、厩舎ひとつひとつを回り、確実に馬のお腹を満たしてゆく。鞍《くら》を馬の背に置き、そして乗るまでには、こうしたいくつかの手順をきちんと踏む必要がある。

牧場へは、お弁当を持っていく。

ある日のお弁当は、黒米入りの玄米、もやしのナムル、車麩《くるまぶ》のカツと千切りキャベツ、マコモ茸のソテー、そしてミニトマト。

車麩のカツは、出汁と醬油、おろししょうがのつけ汁に麩を浸し、しっかりと戻してから軽く水気を絞る。薄力粉、薄力粉を水で溶いたもの、パン粉の順に衣をつけて、新鮮な菜種油でからりと揚げる。かなり食べ応えがある車麩のカツだが、最近はすっかり肉の味を覚えてしまった長男に「これは肉じゃない」と正体を明かされてしまってからというもの、なんとなく冷ややかな視線を浴びせられている。でも作る方は一向に気にしない。「車麩、車麩、肉、車麩、車麩」くらいのローテーションがちょうどいいんじゃないかと、わたしは勝手に思っている。

もやしのナムルはまず鍋にもやしを入れ、ここに水を少々加え、ぱらりと塩を振って水分が蒸発するまでちゃちゃちゃっと炒め続ける。醬油、胡麻油、米酢、黒胡麻で味つけしたら出来上がり。シャキシャキ感がじゅうぶん残るくらいに仕上げるとおいしい。

マコモ茸は、近所の産直で見かけて思わず飛びついた。竹の子のようなアスパラのような食感がたまらなくおいしい。ころころと転がしながら全面こんがり焼いて、オリーヴオイルと塩でシンプルに食べる。

他によく作るのは、油揚げを甘辛く炊いたものや、ハーブ風味の粉ふき芋、トマトソースとアンチョビのペンネ、かぼちゃサラダ……。そして言わずもがな、人気ナンバーワンは卵焼き。いつの時代もその王座の地位は揺るぎなく、けっして衰退することはない。最近は、好きが高じて卵焼きだけは子どもたちで作るようになった。

好きこそ物の上手なれ。

まさに、そんな感じで料理をするようになったら、わたしはとても助かる。

朝のはじまり

森の朝はとても賑《にぎ》やかだ。

チュチュチュと、小さな鳥のかわいいさえずり、キュキュキュキュキュという変わった鳴き声は子どもの履くビニールのサンダルの音に似ている。よく耳を澄ますと、低くグエ、グエとうめくように鳴く鳥もいる。

ざーっと流れる川の音はいちにち中聞こえるけれど、空気が澄んでいるからだろうか朝は特によく響く。

うちでいちばんの早起きは2匹の犬。次に息子、続いて夫とわたし。そして最後まで寝ているのは娘。寝坊助の娘の寝起きはたいていよくない。理由はアトピー性皮膚炎持ちで、夜中かゆくて起きてしまうことがままあるからだ。「ふぇーん」とさみしがり屋の子犬のような第一声から、「もお！　おかーさん！　来て！」とキレるまでにそう時間はかからない。喜怒哀楽のはげしい娘は切り替えも早く、テーブルの上においしそうなものを発見するやいなや、「いっただきまーす」とご機嫌でぱくついている。

やれやれなのだ。

わたしは朝ごはんを食べる習慣がないので、酵素ジュースや豆乳ラッシーなどを常温で飲みながら、夫と子どもたちの朝食を作る。いたって簡単なもの、たとえばパンケーキとかトーストとかシリアルとか。夜のごはんが余っていたらおじやにしたり焼きおにぎりにしたり。パンケーキは粉とベーキングパウダー……と配合からこしらえもするけれど、「粉に砂糖」というメーカーの〝オーガニック・パンケーキミックス〟も気に入っている。ミックス粉にサラダ油と豆乳を適当に加え、泡立器でカシャカシャと滑らかになるまで混ぜたら出来上がり。卵なしでもふわふわっと仕上がるので、子どもたちから絶大なる支持を受けている。これにバナナを混ぜたり、豆乳の代わりにココナッツミルクにしたり。それに生地を蒸せば、しっとりときめの細かい蒸しパンにもなる。

トーストするパンは、家で焼く場合もあるけれど、沖縄はおいしいパン屋さんがたくさんあるのでパンには困らない。宜野湾《ぎのわん》の宗像堂《むなかたどう》にベーグルのCACTUS EATRIP、北中城《きたなかぐすく》のPLOUGHMAN'S LUNCH BAKERY、読谷《よみたん》の水円《すいえん》。やんばるにも、リンドン、Coo、Kaito、八重岳《やえだけ》ベーカリーと個性派が揃《そろ》っている。

おじやは、沖縄では〝ぼろぼろじゅーしー〟と言う。〝じゅーしー〟とは、炊き込み御飯のこと。炊き込み御飯がぼろぼろした状態をぼろぼろじゅーしー、ということなのか、おもしろい呼び名なのですぐに覚えてしまった。冷やごはんに水を足して、土鍋でことこと煮込む。卵やひじき、海苔を入れたり、さつまいもを入れたり、なんでも入れて具沢山に。

焼きおにぎりはしっかりきゅっきゅっと結んだおむすびを、鉄のフライパンで全面じっくり焼く。ちゃんと焼けていれば表面がかりっとして、米がフライパンにくっつくことはない。気長に焼いたおむすびを醤油に両面浸す。たっぷりと醤油をふくませた焼きおにぎりはみんなの大好物。

こうして朝ごはんをすませた子どもたちは「いってきまーす」とばたばたと牧場に出かけて行く。いちにちの始まり、毎朝こんなふう。

3度目の田植え

田植えは3月から4月にかけて、苗の生長とお天気のタイミングを見計らい、よんなよんな（少しずつ）始める。

沖縄に来るまで田植えなどしたことがなかった。記憶にある限り小学生の頃、体験学習かなんかでちょこちょこっと植えたくらいだから経験値はほぼゼロ。それは夫も同じ。そんな状況でもまわりの人の手を借りながら見よう見まねでやっているうちに、なんとかぼんやりわかってきたようなこないような……。とはいえ、わたしは田植えと稲刈り、タニシ拾いくらいしか加勢できず、あぜぬりや代掻《しろか》きなどの地味な力作業は男たちがやっている。

借りている2カ所の田んぼのうち、嘉陽《かよう》という名護市の方は、40年間放置されていた田んぼだった。見上げるほどの葦《あし》やススキが足の踏み場もないほどびっしり伸びている。わたしだったら呆然と立ち尽くしてそのまま踵《きびす》を返してしまうだろうところを、

男たちは勇敢にも草刈り機を腰に立ち向かっていった。来る日も来る日も「ザ・開墾《かいこん》」は続き、1年かけてようやく田植えにこぎつけた。だからか、嘉陽の田んぼを語るときは、みな遠い目になる。

春、田んぼが始まるとシャツは赤土に染まり、爪の間も隙間《すきま》なく茶色に埋まる。うちの夫を見ていると、田んぼは彼のアイデンティティのひとつになりつつあるようで、マイペースに淡々と黙々と没頭できるこの仕事は、頭のなかの整理にも身体作りにも一役かっている。神奈川で8年続けた喫茶店の店主からの転身で現在。器用になんでもこなすタイプではない夫は、まるで教えを請《こ》うように田んぼに通う。

世には、さまざまな農法がある。本で読んだことを実践しようともここは沖縄、ちょっと勝手が違う。稲より優勢な草の勢いは停滞することなく、「草刈り」という言葉は呪いのようにつきまとい、自然農法の福岡正信《ふくおかまさのぶ》さんの本を参考にしたいと思いつつも、毎回草に稲は無惨にも完敗。「耕すか耕さないか」という二者択一もなやましい。

収穫のよろこび、出来た米の味は格別だけど、年々わかっていくからこその壁もある。

２０１１年の震災後、まわりでは米や野菜を作る人が増えた。あの人もこの人も「田んぼを始めた」と泥んこの姿をＳＮＳのページに載せている。わたしたちも当時は、あたらしい土地で田んぼや畑を探すのに必死だった。それくらい危機感のボルテージはあがっていた。５年経って、状況も心境も少しは落ち着き、いろいろなことがようやく客観的に見られるようになってきた。

わたしたちはどこを目指していくんだろう、とふと思うと、ただただ気持ちのよい風通しのよい暮らしをしたいという漠然としたものがあって、それはあれこれと日々の細かい雑務の繰り返しの積み重ねで作られる。そして自分で拓いているつもりでも、実は流れ流れていることに気づく。

手探りの田んぼから学ぶことは、これからもとうぶん続くのだろうか。

水と仲良く

6月も半ばとなれば、梅雨《つゆ》もいよいよ終わり。今年の沖縄の梅雨は例年より長く感じた。湿度の濃さはまるで水のなかをさまよっているようで、あちこちから「家の壁がかびてしまった」というような話を聞いた。

今日の雨はとくに末期的というか、最後の力を振り絞っているような激しさだ。水の粒々は朝から容赦なく地面を叩き付けている。家の裏手にある川は刻一刻と水かさを増し、もう向こう岸に渡ることはできない。

今年、3度目の増水。そのたびに川の様子を見に行き、すっかり変わり果てた姿に毎回新鮮な驚きをもらう。普段は足首くらいしか深さはないけれど、たぶんもう腰以上になっているだろう。透明な水色も、今はミルクコーヒー色。まるでメコン川のように泥と砂が渾然一体《こんぜんいったい》となっている。どどどーっと鈍い音を立てて、下流の海へとどんどん流れてゆく。本能を掻《か》き立たせられるような圧倒的な景色に、しばし目を奪われているうちに、また雨足が強くなってきた。

土砂降り、ざんざん降り、豪雨……。そんな形容詞がつく雨のなか、子どもたちはびしょぬれになりながら無心で遊んでいる。田んぼ脇の水路に塩ビ管を繋《つな》いだり、ビニールホースを入れて逆流させたり。建築途中の納屋の枠にかけたブルーシートを滑り台に、素っ裸でツルツル滑る。

わたしたちの暮らしを根底から支えてくれている川。洗濯をして、野菜を洗い、子どもが泳ぎ、海老やうなぎを獲る。

生活に使う水は山の上の水源地からホースを繋いで家まで届くようにしているので、こういった雨が何日も続くと若干水が濁る。腐葉土のような、枯れ葉のような味がすることもある。でも沸かしてしまうとあまり気にならない。そう、ここに暮らすようになってから、「細かいことは気にしない」ということが一段と増えた。「気にしない」という対象はおおかた自然なので、コントロールのしようがないのだ。どう逆立ちしても敵《かな》わない相手が近くにいるということは、自分の力量を知るのにちょうどいい。「まぁ、そういうもんだよね」と、いろいろな場面であっさりとあきらめがつく。

そして、水は大切。雨が降り、土に浸透し、砂利や泥の合間にゆっくりと染み込ん

で落ち、そんなふうに濾過《ろか》されてようやく湧き水になる。そんな気の遠くなるような時間をかけてわたしたちの元へやってくる水。そんな水の旅を想像すると、ふだん何気なく口にしているコップ一杯の水はほとんど奇跡の水、甘露《かんろ》のようだと思う。

沖縄では火《ひ》ぬ神《かん》といって、火の神さまを台所の片隅に置き、5日と15日に酒と塩をお供えする習慣があるけれど、ここに暮らすといつのまにか水も同じように祈る気持ちで接していることに気づく。沐浴《もくよく》は禊《みそ》ぎ。毎年、夏至と冬至には川に入って、気持ちをリセットする。

わたしたちの身体の約75％は水で出来ている。身体のなかに流れる水は、この川と共鳴し響き合って、いろいろな情報を受け取っているんだと思う。だから、わたしはこの川に、そしてこの森によって生かされている。

家の自給

家はシェルター、そしてラボ、図書館またはサロンである。それは「城」というより「現場」というものに近い。とにかく、真っ白い箱をつくれば、あとは好きに好きなものを詰めていけばいい。

いつか家を作ってみたかった。それも自分たちの手でやってみたかった。雨漏りさえしなければ十分。沖縄の気候だったら断熱材や床暖房などの防寒対策も必要ないだろう。その機会が巡ってきたら、とりあえずやってみようと思った。家づくりの秘訣《ひけつ》は「はじめることにある」ということを、何かの本で読んだことがある。

その頃、借りていた家を春までに出なければならなくなった。家づくりをはじめるには、きっとこのタイミングかもしれない。知人から土地を借り、まずは草刈りからはじめた。土地を平らに慣らし、基礎を打ち、木を組み立てる。作業工程は、思った以上にずっとずっと果てしなかった。無知ゆえの試練、先の見えない状況に、夫は何度も途方にくれた。それでもやっていればいつかは終わる。山から水を引き、電気屋さんに配線をやってもらい、ガスの工事も済ませ、そうして無我夢中で進んだ4カ月、ようやく建った。いっしょに建てるのを手伝ってくれた友だちはみんなやさしくて、頼もしくて勇敢だった。立ちはだかる難関にも、笑って協力してくれた。ほんとうに今でも頭があがらない。本当の安全保障は友だちと家族。

家は、等身大の自分をあからさまに表す。今の自分にはどれだけの能力があるのか、お金やセンスや技術や根気がどれだけあるのか、ということをまざまざと見せつけてくれる。「あなたは、こんな人です」と家から言い渡される。わたしは、詰めが甘い。やれやれと何度頭を抱えたことだろう。同じく夫も私以上に足元を照らされ自我が崩壊しそうだった。オーバーだけれど、ほんとに。

そして家が完成したときこそが、わたしたちの再出発のはじまり。「終わった」と思ったら、それは「はじまり」なのだった。

家づくりに関しては、それだけで1冊の本ができるんじゃないか、っていうくらい内容の濃いものだった。吐きそうなくらい大変なこともあったし、そのたび後悔もした。でも、今ここに居る。住み始めて何度か台風も経験したけれど、今のところだいじょうぶ。なかなか頑丈に出来てほんとうによかったと思う。

「もう1回家をつくる機会があったら、次はもっと上手く出来ると思う」

そう言う夫に次はあるのだろうか。今のとこ、正直もうこりごり（笑）。

なつ

「沖縄の季節で好きなのは？」と聞かれたら、迷わず「夏」と即答します。
夏の光はとりわけきれい。さんさんと降りそそぐ太陽の日が海の底までダイヴして、
白い砂に跳ね返され、光は空をどこまでも青く塗ります。
午前中に入る澄んだ海、夕方の川涼み、台風明けの幻想的な紫色の景色。
そんな自然にぶんぶん振り回される夏。
パイン、マンゴー、バンシルー（グァバ）も夏が旬です。
「暑い暑い」といいながら、みんなとてもたのしそうなのがこの季節。

夏の果物

沖縄の夏の果物といえば、パインとマンゴー、そしてわたしのいちばん好きな果物でもあるすいか。早生《わせ》のすいかは内地のものより小振りで淡い甘さがいくらでも食べられそう。すいかに塩をちょっとつけるかつけないか。わたしはつける派から、今はつけない派へ。夏は3食のうち1食はすいかでもいいくらいすいかが好き。そして、そのことに気がついたのはごく最近。それまでずっとわたしのなかでナンバーワンはマンゴスチンだった。タイやヴェトナムに行ったら真っ先に食べたい食べ物。赤黒い分厚い皮に包まれた白くて甘酸っぱい果肉は冷凍庫でちょっと凍らすと、ますますおいしさが増した。でもなかなか日本では手に入らない。だからこそよけいに求めてしまうのかもしれない。

そんなある夏、いつものようにすいかを切り分け何気なくがぶりとやると、「あぁ、わたしはすいかが好き」とまるで天からの啓示のように、その真実に気がついてしまっ

た。喉の渇きを癒《いや》す、すいか。身体の細胞にすーっと沁み込んでいく感じがとても自然で心地いい。今の身体に合っている、とつくづく感じた。

なので、(現在の)果物のフェイバリットはすいか、次にマンゴスチン、桃の順番となった。

わたしの住む東村《ひがしそん》は日本一のパインの生産地。パインといえども種類はいろいろ。Nパイン、ピーチパイン、スナックパイン、ゴールドバレル、ジュリオスター、ゆがふ……。この辺は、夏はとにかくパインが飛び交う。安いものだと100円で買えるので、そのときは多めに買って、ドライパインを作ったり、凍らせて豆乳といっしょにスムージーにしたりと、夏はパインのお世話になりっぱなし。それから何はともあれ人気者のマンゴー、それもミニマンゴーがいい。ミニマンゴーとは、受粉せずにそのまま熟した実のこと。大きさは卵大くらいなので皮をむくのが少々手間ではあるけれど、味は抜群においしい。夏に沖縄をドライヴすると、「マンゴーあります」という手作りの看板をよく見かける。生産者の方が直接販売しているので、値段もお得。このマンゴーもドライにしたり、冷凍にしたり、チャツネにしたりする。青いまだ熟していないものは、砂糖とちょっとの塩と一味唐辛子の粉をつけて食べる。これはタイで出合ったおいしい食べ方なので、手に入ったらぜひ。それから青マンゴーは、魚と煮込んでカレーにしても最高。酸味と辛味が夏にぴったり、南インドの味。反対に熟し過ぎてしまったマンゴーはピュレにして、パッションフルーツ、それからアガベシロップを加えてトロピカルなジャムにする。このジャムはパンよりもかき氷に合う。コンデンスミルクといっしょに食べるとたちまち台湾を旅しているような気分になれる。

パイン、パパイヤ、マンゴー、ドラゴンフルーツ、パッションフルーツ。

沖縄はほんとうに熱帯なのだ。ただ、この暑さがひくと、たちまち梨が食べたくなるのは内地の人間だからだろうか（沖縄に梨はありません）。

森の中のポットラックパーティー

高江でいちばん盛り上がる行事のひとつ、子どもたちの誕生日会。住民160人という小さな集落だけど、それでも子どもの数が多いのは、きっとこの魅力的な森があるからだと思う。子育ての最中、何度この自然に助けられたことか。はじめは鬱蒼《うっそう》として近寄れなかった森だけれど、だんだんに馴染みの木が出来て、お気に入りの花が見つかる。虫にも旬があり、風にも匂いがある。鳥たちのさえずりに胸をときめかせ、緑の木漏れ日を見上げては、「この瞬間に感謝だなぁ」と思う。「感謝」という言葉は、あんまり安易には使いたくない。でもたしかにそのとき、森のうつくしさによって「しあわせだ」と感じたら、その出どころはわたし自身から発せられたものではないような気がする。言わずもがな、それこそが自然のなせる技なのであって、全部の根源なのだ。

誕生日の子どもの家でのポットラック（持ち寄り）パーティー。

高江のお母さんたちは、それはそれはみんな料理上手なのだった。最寄りのスーパーまではゆうに1時間はかかるので、もはや日々の食卓は工夫の宝庫。

わたしが持っていったのは、じゃがいもと自家製ハムで作ったジャーマンポテト。仕上げには庭のバジルをたっぷりのせた。

ある日は手ごねの生地でピザ。ストックしておいたトマトソースやバジルソースをベースに、野菜をたっぷりのせたクリスピーなピザ。

生粋《きっすい》の大阪育ちで双子のいるお母さんは、行列の出来る店のアルバイト経験を活かして本場のたこ焼きを焼いてくれた。串ひとつを自由に操って、見事なまんまるを作ってくれた。出来たそばからなくなっていくたこ焼きは、なかなかおとなの方まで回ってこない幻の味。そして島タコは茹でるより蒸した方がおいしいのだとか。「昔オーストラリアでタコを茹でるバイトをしてたんですよ。そこのタコがめっちゃおいしくって〜」と関西弁で話してくれた。

6人兄妹の母は、さすがの手際で豪快山盛りパスタになみなみミートソース、それからボウルで巨大な茶碗蒸しをさっと作る。毎日8人分もしくは9人分のごはんを作っているだけあって、圧倒的な目分量でもばしっと味を決めるからすごい。

そしてお手軽なので手巻き寿司もよく登場する。島の魚、甘めの卵焼き、豆乳マヨネーズのコーンサラダ、アボカド、納豆の醬油漬け。半形の海苔が飛ぶように減っていくのが恐ろしいやら爽快やら。それからヴェジタリアンの一家の子どもが誕生日のときは、みんなおのずと野菜料理が中心になるなど、その家庭によって持ち寄る料理に幅が出るのがおもしろい。

バースディケーキはたいてい誕生日の子どもの親が作ることになっている。愛情の証《あかし》といえばオーバーだけど、当日の料理の主役はやはりケーキなのだった。春はだいたい苺のケーキ。苺はやんばるで友だちが作っている無農薬無肥料の苺。畑を知っているとおいしさやいとおしさもひとしお。夏はマンゴーやパインのローケーキ。ローケーキとはアイスケーキのようなもの。加熱調理をしないので、材料はカシューナッツやココナッツオイル、ドライフルーツなどを使う。秋はチョコやココア、キャロブ(豆科の植物。ココアの代用になる)のケーキ、冬は旬のタンカンを使ったケーキ。季節によって、お母さんたちが作るケーキもいろいろ。実を言うとわたしはケーキ作りが苦手なので、子どもの誕生日のたび、「よし!」と気合いを入れて作っている。当初

はパンケーキを重ねて間に豆腐クリームを挟んだだけのケーキでいっか、と思っていたけれど、「それじゃ朝ごはんだよ」と息子に言われて以来、今ではなんとかフルーツタルトも作れるようになった。ほのぼのした雰囲気の誕生日ではあるけれど、なかなか実技の練習になっている。なかにはケーキが大の得意！ というお母さんもいて、とりわけ彼女の感想は毎回気になる。

大きなケーキに年の数だけキャンドルを灯《とも》すと、主役の子どもは感極まったような恍惚《こうこつ》とした表情になる。みんなからの祝福をふんだんに受けて、ほのかな光をまとう子ども。ほんとにほんとに豊かな瞬間なのだ。

夏はゴーヤーに助けられて

暑さが本格的になると、自然にゴーヤーが食べたくなる。そんなとき、身体って、ほんとに正直だなぁと感心してしまう。ゴーヤーの苦みが一層おいしく感じられる夏。いろいろな方法でゴーヤーを料理する。

おなじみのゴーヤーチャンプルー。ゴーヤーは細いのであれば、そのまま5㎜くらいのスライスにする。塩を加え手で混ぜていくと、緑が濃くなりしんなりしてくる。これをぎゅっと絞って水気を切る。豆腐は島豆腐。島豆腐は1丁が1キロもあるずっしりした豆腐。水切りしなくともしっかりした硬さなのでチャンプルーには最適。なければ木綿豆腐を水切りしたもので代用する。フライパンに油をひいて、まずゴーヤーを炒める。炒めたゴーヤーをいったんお皿にとり、再度油をひき、豆腐を手でくずしながら鍋肌に並べるように入れる。香ばしい焼き色がつくまで豆腐の両面をよく焼いて、ここにゴーヤーを戻し、卵を割り入れる。黄身をくずすように全体に広げて、底

から裏返し、最後に醬油を鍋肌に回しかける。お皿に盛ったら、削った鰹節をかける。これが、うちのスタンダードなゴーヤーチャンプルーの作り方。あれば、バジルの葉をひとつかみ加えて炒めると、とても合う。

他には、ゴーヤーを種とわたごと1㎝にスライスして、中温の揚げ油で素揚げする。揚げたてを、醬油とみりん、砂糖やアガベシロップ、鰹節でさっと煮て作った麵つゆに浸し、おろししょうがを添える。ゴーヤーの他に野菜は茄子、かぼちゃ、おくら、ししとう……なんでも素揚げしてどんどんつゆに放り込む。30分くらいして味がしみたら出来上がり。揚げ浸しは素麵にもぴったり、夏の味。

ゴーヤーのかりかり漬けは、半分に切って、種とわたを取りのぞいたゴーヤーをバットに入れて、上から熱々の漬け汁をかける。漬け汁は醬油、アガベシロップ、米酢を合わせたもの。漬け汁のあら熱がとれたら、再度汁だけ鍋に戻して煮立たせ、ゴーヤーにかけて、これを3～4回ほど繰り返す。多めに作っても保存も利く。

ゴーヤーと海老のインドカレーも定番だし、ゴーヤーに米粉と薄力粉、ベーキングパウダーの衣をくぐらせて揚げたフリッターもおいしい。ゴーヤーを切って、種が鮮やかなオレンジ色だったら、ぜひ種をなめてみて。ほんのり甘くて蜜のような味がする。

梅雨の沖縄

ただでさえ、草木の露をしたためたやんばるであるのに、5月から6月の梅雨どきは、まるで水の中を泳いでいるかのような湿気だ。何もかもしっとりしていて、タオルも赤ん坊のおむつも子どもたちのズボンも、日々の洗濯物がからりとすることはない。そのため、乾いたか或《ある》いは乾いていないのかのジャッジが内地にいるときよりかなり甘くなった。「まぁ、こんなもんでしょ」と、自分に言い聞かせながら、ベッドの上で大量の洗濯物をたたむ。

沖縄＝南の島＝照りつける太陽、というイメージがあったけれど、湿度のことは考えたことがなかった。

考えてみれば、那覇空港に降り立ったときの肌感覚は、まさにタイやヴェトナムといった東南アジアとまったく同類。そもそもわたしはそんなむせかえるような暑い国が好きなのだ。

でも住んでみるとあらためてその湿度に驚く。まず干し椎茸がかびた。葉山のSUNSHINE + CLOUDで買ったオーロラシューズがかびた。かご類がかびた。

空気が静止した途端、青白い産毛のようなかびや黒い斑点のかびが、じわじわと活動を始めるのだろうか。久しぶりに引き出しからものを出してみたら、一面真っ白(ないしは真っ黒)なんてこともままある。

野草を摘んでお茶にしようとも、余った野菜を干そうとも、よほどお天道様が味方をしてくれない限りかなり難しい。そんなあこがれの天日干しにきっぱりと見切りをつけて、今はもっぱらディハイドレーター(P.89写真)に頼っている。ディハイドレーターとは食品乾燥機だ。温度が選べて、電気で風を起こして素材を乾燥させる。ローフードを作る人にはおなじみの道具。ローフードとは、酵素をこわさないように生食、あるいは40度以下で乾燥させる調理法のこと。ローケーキといって、アイスクリームケーキのようなものはとてもおいしいかつ簡単。作り方は、バナナ3本とアボカド1個、ココナッツオイル大さじ2、てんさい糖大さじ3、ココアパウダー大さじ3、ヘンプパウダー(あれば)大さじ2をミキサーにかけて平らなバットなどにいれて凍らす。食べるときに、カカオニブ(カカオ豆を砕いてフレーク状にしたもの)など散ら

すと食感のアクセントになっておいしい。他には、ココアを入れずにシークワーサー果汁やマンゴーなどいれてヨーグルト風味にしても。

さて、ディハイドレーター。うちではミニトマトやパイン、マンゴー、ドラゴンフルーツ……もっぱら旬の野菜や果物をドライにして保存するのに活用している。ドライパインはグラノーラに入れたり、パンや焼き菓子に加えたりする。ちょっと変わったところで、おろしにんにくとスパイスとオイルで和えてピックル（インドカレーの添え物）にしてもおいしい。

にしても、よく降るなぁ。このまま行けば、ダムには水がいっぱい溜まり、夏の水不足はまぬがれそうか。うちの水は山水なので、たっぷり山にしみ込んでくれれば嬉しいなぁ。

梅雨が明けたら、本格的に夏。沖縄は夏がいちばん気持ちのいい季節。海の色も違うし、雲もいろいろな形がたくさん見える。そんな夏が待ち遠しい。

韓国からの先生

週1で給食のおばさんをやっている。誰に頼まれたわけでもなく、個人的に始めた。というのも、自宅を開放した寺子屋のような居場所で、数人の子どもたちといっしょに過ごしているのだが、ここではみんな（おとなも子どもも）が「やりたい」と思うことを、みんなで相談してやることになっている。だからわたしも「給食つくりたい」と要望し、それが叶ったわけだ。

それから、果たして「教育の自給」は可能なのか？

この寺子屋のようなものは、その実践の場として始めた。

毎回決まった先生は来るけれど、その時々に応じていろんな人が講師としてやってくる。「チャーター制」といえば聞こえがいいが、要は、本当に手探りでこの場所を模索している途中なので、輪郭がまだあやふやなのだ。

今日の先生は、韓国からやってきたイルカ先生。「イルカが好きだからイルカ先生と呼んでください」と、彼は言った。

数年前から、高江のヘリパッド反対の座り込み運動に参加しているイルカ先生は、日本語をとても上手にそして丁寧に話す。

本職も現小学校の先生なので、子どもたちの心をわしづかみにするのは朝飯前。

まず、イルカ先生は簡単な韓国のことばを教えてくれた。「アンニョハセヨ！」「マシッソヨ！」「カムサハムニダ！」（こんにちは、おいしい、ありがとうございます、の意）

先生の後に続いて、子どもたちは活発な声で復唱する。小さな子どもたちに限っては、そこまで叫ばなくとも……というほどの大きな声で「アンニョハセヨ！」と声を張り上げている。やんばるのジャングルに、韓国語が響く。わたしはそんな声をBGMに、ふた口コンロの前で給食を作り続けている。

子どもたちの声が静まったなぁと思ったら、イルカ先生や子どもたちは、黙々と河原で石を積み上げてストーンタワーを作っていた。おとなの背の高さくらいはあるだろう。まるで卒塔婆《そとば》のように、ちょっとした威厳を放っている。

そうこうしているうちに、まもなくお昼。本場韓国の方に韓国料理をお出しするのはおこがましくそして照れ臭いが、わたしの頭の中は朝から韓国料理のことでいっぱいだったので、もう恥じらいを捨てて以下の料理を作った。

今が旬の島大根を使ったカクテキ。大根はあらかじめ玄米のとぎ汁でおこした乳酸菌に塩を加えたものに漬け込んでおく。大根の水気をしぼってから手作りキムチの素で和えた。素は粉唐辛子を2種類、甘酒とはちみつ、すりおろした梨、魚醤、アミの塩辛、にんにくとしょうが、ニラ、白胡麻。本来なら、カクテキは2、3日漬け込んで発酵してからの方がおいしいけれど、それでも「マシッソヨ！」とイルカ先生に笑顔で言われたときは、とーっても嬉しかった。

島かぼちゃと二十日葱のチヂミは、白玉粉を加えてもちもちかりかりにした。

島豆腐のチゲは自家製の味噌と納豆で仕上げた。

それから、ローゼル（ハイビスカスのガクの部分）のおむすび。これは韓国料理ではないけれど、フクシアピンクの色がきれいなのと、ローゼルはきっと韓国の方には珍しかろうと思って作ってみた。

みんなで食事を食べて、あとはのんびりと過ごした。

外に出したテーブルの上には、楠《くすのき》の木漏れ日がゆれている。給食のおばさんにとって、このときが（みんなのお腹が満たされた時間が）一番しあわせなのだ。

手作りの、のみもの

夏の朝は、ミックスジュースから始まる。そのとき家にある果物、たとえばグァバや青切りみかん、シークワーサー。野菜ならすっかり熟して黄色くなってしまったゴーヤーやしなびたモーイ（赤瓜）。甘み付けに梅酵素も少したらして水を注ぎミキサーで攪拌《かくはん》する。やはりゴーヤーが入っていたほうが、「効く」という感じがして好きだ。

少し肌寒くなると、白湯やアーユルヴェーダのハーブがいろいろ入った香りのふくよかなお茶、熊本のアンナプルナ農園のほうじ茶などがおいしく感じるようになる。蛇口から出る水が「つめたい」と感じるような季節。飲みたいものも自然と変わってくる。

洗濯や掃除を済ませたら、ちょっと一息。インカコーヒーという大麦やライ麦から作ったノンカフェインのコーヒーと豆乳、てんさい糖を少し加えて豆乳オ・レ。出雲《いずも》の紅茶を濃く煮出してスパイスを加えて作る豆乳チャイ。たまに牛乳も飲みたくなって、そのときは決まってアールグレイのミルクティを作る。というか、アールグレイのミルクティを飲みたいから牛乳を買う、といった感じ。

沖縄に暮らすようになってからというもの、冷凍庫に欠かさずストックしているのはパインやドラゴンフルーツ、島バナナをカットしたもの。これらは豆乳を加えてスムージーにする。ドラゴンフルーツのショッキングピンクがぱっと鮮やかな、じつに沖縄らしいのみもの。お客さんが来たときにこのスムージーを出すと、みんなとてもよろこんでくれる。他にも野草を摘んで作った酵素や、自家製ヨーグルトで作るラッシー、シークワーサーの絞り汁とアガベシロップとフレッシュミントで作るジュース。

のみものは、1日の中でとても大切な役割を担っている。時間と時間の区切り、ちょっとだけ気分を変えたいとき。ぼーっと外の景色を眺めるときに、ときには旅人へのウエルカムドリンクだったり。

最近はビールも作るようになったので（ネットなどで手作りビールキットがたくさん売っています）、ますます我が家のストックヤードは充実している。

田舎暮らしだと買い物にそうそう行けないので、日々が少しでもうるおうよう工夫する。むしろ、そんなあれこれがいちばんたのしいのかもしれない。

家で作るビール

今日は沖縄に来て3度目のビールを仕込んだ。市販のモルトエキスとイースト、やんばるの天然水で作るビール。モルトエキスはほんとうにいろいろな種類があって、ペールエール、ラガー、ピルスナー……。まずは定番のものから挑戦している。「手作り？」というと難しそうだけど、ビールキットさえあればいとも簡単に家庭でビールが作れる。

まずはモルトエキスを缶のまま湯煎《ゆせん》して煮溶かす。このエキスに水に加え、イーストも入れてシャカシャカ振る。専用の発酵容器で4～7日ほど発酵させ、その後瓶詰めしてさらに10日くらい寝かせると、シュワシュワの、まさにビールの完成。

初めて挑戦したときは、作業の工程の簡単さからは想像できないくらいおいしいビールができたものだから、ついその気になってしまった。さっそく友人を呼んで、フィッシュ&チップスを添えて気分はビアガーデン。2度目はなんと、発酵途中に納

IPA
hand made&craft beer
MAHALO!

豆菌が混入してしまって、出来上がったビールが納豆の匂いに……。「捨てるしかないかなぁ」と落ち込んだけれど、そのままさらに瓶内で熟成をさせたら、天然のアミノ酸なのか、うま味成分がぐっと前面に出た主張あるビールになってそれはそれでなんとか飲むことができた。以来、ビールを仕込んでいるときは、禁納豆が我が家のルールである。

今回のモルトはＩＰＡ。インディアンペールエールだ。苦みが強いけれど、さっぱりとしていて飲みやすく、夏に向けて仕込むにはもってこいの品種。

瓶は１リットルのビールが入る、機械栓の遮光タイプを使っている。これは何度も使い回しが利くし、頑丈かつ形も気に入っている。このままギフトにしてもいい。もちろん、市販の飲み干したビール瓶をリサイクルしてもいいし、ペットボトルでもできるらしいからお手軽だ。食材のストックルームにずらっと並んだクラフトビールの瓶を見るたびに、顔がにやけてしまう。

あき

やんばるの森に、オオシマゼミの独特の電子音のような声が響いたら、
夏もまもなく終盤。真っ黒に日灼けした肌のほてりだけを残して、
オオシマゼミは、「キューンキューン」とハイトーンで鳴いては、
夏が去ってしまう切なさを演出します。
ようやく過ごしやすくなったかなぁという頃、青切りみかんを皮切りに、
島の野菜もちらほら店先に並び出します。
真夏はモーイ（赤瓜）とシブイ（冬瓜）とゴーヤーといった瓜系三昧だったので、
葉物がうんとおいしく感じられます。

よりどりみどりの運動会のお弁当

秋晴れの佳《よ》き日。運動会といえば、栗ごはんだった。祖母が作る、もち米たっぷりのほくほくおこわが忘れられない。黒胡麻がちらしてあり、ところどころ黄色い栗が顔をのぞかせている。ごくシンプルな味つけなのにおいしくて箸が止まらずに、午後の種目がおっくうになるほど食べ過ぎたのを思い出す。

そんなわたしも親になり、かれこれ7回ほど運動会を経験している。お弁当もそのときどきで違うけれど、たいてい唐揚げは入る。鶏肉の部位はもも肉だったり胸肉、手羽元、手羽中だったりいろいろ。味つけの基本は、にんにく、しょうが、酒、醤油。粉を軽くはたいて低温の油から揚げる。他の家庭も唐揚げは必須のひと品らしく、「うちも唐揚げよ」と、かぶることが多いのだけれど、味つけはその家庭によってさまざまなよう。そんな食べ比べもたのしく、子どもたちも大好物なので、きっと唐揚げは今後も作りつづけることになりそうだ。

今年の運動会も、とてもにぎやかなお弁当風景だった。大家族のAさん家は、海老フライ、春雨とひき肉と茄子の入った春巻き、あらめと野菜パパヤー（青パパイヤ）のサラダ、四角豆とオクラのナムル、明太子おむすび。団地に住むIさん家は、お得意のお赤飯、モロヘイヤ入りの卵焼き、ひとくちハンバーグ、ヒヨコ豆のマリネ、かぼちゃの塩煮。双子ちゃんがいるSさん家は、唐揚げ、もずくの天ぷら、いろいろな具の入ったおむすび、ハーブクラッカー、土鍋で炊いた玄米。ヴェジタリアンのNさん家は、ひじきの入ったおいなりさん、ごぼうとこんにゃくの煮物。我が家は、甘栗と干し海老のおこわ、鶏もも肉の唐揚げ。そして、各家庭示し合わせたように、旬の青切りみかんがおやつだった。

真ん中1列に、まるでお供え物のように、持って来たお重やお皿、大鉢を並べ、バイキング方式で、各自食べたい分だけ取り分ける。わさわさっと、一斉に箸が伸びる光景はなかなかの圧巻である。

とくに子どもたちの食欲は勢いがあり、ばあっとかき込むように好きなものだけを食べて、ぱあっと校庭に遊びに行ってしまう。おとなはゆんたく（おしゃべり）しながら、「あの卵焼き、何が入ってたの？」とか、「四角豆ってどうやって食べるとおいしいの?」など食いしん坊な会話をしながら、運動会のお弁当を囲んでいる。
ようは、みんなで食べるごはんはおいしいってこと。

息子、9歳のパーティー

10月の終わり、息子が9歳を迎えた。

子どもの誕生日には、恒例の1品持ち寄りパーティーが行われる。田舎の村にとってはそれがいちばんの娯楽なものだから、当日は張りきって料理の準備に取り掛かった。

この日は、息子のリクエストの肉まんといちごのショートケーキを作った。

肉まんの皮は、白神こだま酵母という市販の天然酵母菌に強力粉と薄力粉、少々の塩を混ぜて、水を加えよく捏ねたもの。捏ねた生地には濡れ布巾をかぶせ、2倍に膨《ふく》らむまで待つ。ぷっくり発酵した生地に肉あんを包む。肉あんは、豚もも肉と三枚肉をフードプロセッサーで粗挽《あらび》きにし、たっぷりのキャベツと葱、椎茸、竹の子、片栗粉を加える。ここに胡麻油と醬油を加え、味をつける。

成形は子どもたちがこぞって参加したので、キッチンの作業台の上には粉がもうもうと舞った。こういった粘土感覚の料理工程は、子どもたちにとってかっこうの遊びとなる。小さな手でくるくると生地を丸め、のばし、肉あんを包む。初めはなかなか上手くいかず、餃子形だったりシュウマイ形だったり、はみ出したり潰れたり、まったくいろいろだ。何度か繰り返すうちに、みんななんとなく要領を得てきた。包んだ肉まんを湯気の立っている蒸し器で約20分蒸す。

ふかし立ての肉まんを、はふはふとみんなで食べた。なかにはヴェジタリアンもいるので、大豆ミートで野菜まんも作った。これはひとめでそうだとわかるように、野菜まんの上には黒胡麻をぱらり。

ひたすらに、蒸しては食べ、包んでは蒸す。このために横浜の中華街で買った「照宝」のせいろは、一夜において猛烈な仕事量をこなしてくれた。ありがとう、せいろよ。

ショートケーキのスポンジ部分は、牛乳や卵の代わりに豆乳と菜種油を使った植物性仕様。粉には全粒粉を混ぜて、ざっくりな仕上がりにした。

たっぷり添えたクリームは、丹那《たんな》の生乳100%の純生クリーム。この生クリームは、coyaで使っていたので、とても馴染《なじ》みある味なのだ。シルクのような滑らかさ、脂肪分が多いのにさっぱりとしたおいしさ。わざわざこの日のために丹那から取り寄せて、久しぶりの生クリームを心ゆくまで堪能……。もちろんホイップしたクリーム全部を使うなんてことはしない。ちょっとだけとっておく。なぜなら、明日の朝の珈琲《コーヒー》にのせるのだ。くー。

ケーキは、やんばるは安波《あわ》産の苺をスライスして間に挟み、トップにも等間隔でのせた。ホワイト&レッドのスタンダードなショートケーキの完成。

大勢のおとなと子どものために、重量2キロのビッグケーキになった。

当日みんなが持ってきてくれた料理も素晴らしく、自家製パン生地のピザ、揚げパン、春菊のサラダ、新ジャガと豆のカレーマリネ、蓮根ボール……。わが家自慢の薪《まき》風呂も沸かし、途中、入りたい人は自由に入浴してもらった。

来月もまた、誕生日の子どもがいる。その度《たび》に、わいわいがやがや。

ルビコン川を渡る

具象思考から抽象思考へと移行する8歳から10歳に起こる心境の変化を、思想家ルドルフ・シュタイナーは「ルビコン川を渡る」と表現している。

日本では「9歳の壁」とも呼ばれ、わたしもつい最近、このことを知ったばかり。うちの夫に「9歳の時、その壁を意識したことはある?」と聞いたところ、「はっきりとあの時〝じぶん〟は変わったと感じた記憶がある」と言った。その感覚は、いまでもありありと思い出すことができるらしく、「当時はそれがなんなのか正体がつかめなかったけれど、あれは確実に〝9歳の壁〟だったんだよね。ポーンと越えた時、『自分らしくいよう』と強く思って。そうしたら気持ちがすーっと楽になった」。

ふーん、なんとも素敵な話だなぁ。残念ながらわたしには、その「壁」が思い出せない。記憶の糸を逐一辿《たど》っていけばもしかしたらわかるのかもしれないけれど、「あれが」という決定的な出来事は、果たしてあったのだろうか……。

先日、うちの息子が「僕、牧場に行かなきゃだめ?」と聞いてきた。その言葉のなかには甘えの雰囲気は感じられず、ごく普通に、「権利」として、「行かないといけないのか?」と問うているようだった。「りく(息子の名前)は牧場に行くか学校に行くか選んでるんだよ」と言うと、「うん、わかってるよ。でも選べるのはそれだけ?」「りくが他にやりたい、と思うことがあったら教えて」「うーんお母さんと……いっしょに居たい」。

息子は、牧場とホームスクーリングの2足のわらじをはいている。牧場は週に3日通い、残り4日間は家の周辺で過ごしている。にもかかわらず、「お母さんといっしょに居たい」とは、うーむ……どういうことだろう。

はじめは「もしや、愛情不足なのかもしれない」と疑ったが、どうやらそういう系統ではないっぽい。ということは、これがあの「壁」なの?

9歳以前は、自分と自分のまわりが一体化している安心感に包まれている。9歳を境に自分は自分なんだと「個」としての自覚が芽生えてくる。そのとき、えも言われぬ孤独を経験するらしい。きっと息子はその差し迫る心境の変化をどう捉《とら》えていいのか揺れているのかもしれない。おとなになるとは、こういうふうにちゃんと段階を踏んで築き上げていくものなのだなぁ。

そしてこのとき、お母さんであるわたしはどんなレスポンスを返したらいいのだろう、と考えた。

そこで思いついたのは、ふたりで（ある意味）最後の旅に出かけてみようか、ということだった。

ローカル電車なんかに乗って、たくさん話をして、同じ風景をいっぱい見て。さなぎから蝶へと羽ばたくプロセスの始まりを祝福しよう！　と思った。

あれこれと行き先など考えつつも、正直かなりしんみりしている。

ということは、わたしも親離れする子どもと同時に、あるラインまで子離れしないといけないのだ。「選べるのはそれだけ？」と言った息子は、世界はもっと広いんだ、ということに気づいたのだと思う。そして、今の状況を「自分で決めている」という責任の重さにようやく実感が伴ってきたのかもしれない。とはいえ彼はまだまだ幼いし、これからもうしばらく親の保護下で過ごすけれど、なんというか、思考回路が切り替わるこの時期、とうとう第一段階の自立のときがやってきたらしい。

息子は居心地のいい繭《まゆ》をひとりで出なきゃならない前に、「お母さん」との絆をもう一度確認したいのかもしれない。そう（勝手に）思うと、その健気さに涙腺が崩壊しそうになる。

息子はちゃんとルビコン川を渡り切ることが出来るのだろうか。いや、きっと出来るはず。

息子の安心したような寝顔を見ながら、子どもは未来そのものだなぁと思う。

台湾へ、妊婦と息子のふたり旅

9歳になる息子は最近、めっきりおとなびたような表情をする。その発言もたまにはっとするほど鋭く、これが噂《うわさ》の「9歳の壁」というものなのかしら、と困惑する。かと思えばまだまだあどけない幼子の振る舞いに戻るもんだから、こちらとしてはたまに戸惑《とまど》う。それはまるでひよこのように、急に大きく羽を膨らませたせいで大きく見えたかと思えば、鳴き声は変わらず小さいひよこのままのような、膨らんだりしぼんだりしながら、でも確実におとなに向かっていることは確かなのだった。

この特別な年齢の記念に、初めてふたりで海外に出掛けた。行き先は那覇空港からわずか1時間半のフライトで到着する、台湾。冬が近づいた台湾は南の国だというのに押し寄せる寒波のせいか思っていたよりずうっと寒かった。持っていった服を着重ね、大都会の台北《タイペイ》を息子とふたりでぶらぶら歩いた。沖縄での移動手段はほぼ車なので、ここぞとばかりに電車に乗ろう、そしてバスに乗ろうと張り切った。

台北はちょうどバブル期なのか、ゴージャスな高層ビルが目立つ。行き交う人々の雰囲気も東京と差はなく、海外と思えないほど旅がしやすい。2日ほど台北の街を闊《かっ》歩《ぽ》し、母子は早々と台南《タイナン》行きの電車に乗った。新幹線も開通しているが、何も急ぐ旅ではない。台南まで4時間19分の、のんびり電車の旅を選んだ。途中、息子は「お腹が空いた」と言い、簡素な包み紙に無造作にくるまれた駅弁を買った。ほかほかご飯の上に、大きな排骨《パイコー》がドーンと乗っている。他にも八角風味の鶏肉の甘辛煮、煮卵、搾菜《ザーサイ》、千切りのじゃがいも炒めなど、味付けの濃いおかずがところ狭しと詰まっている。息子は何度も確認するかのように、「うん、おいしい」と頷きながらかき込んでいた。

車窓からの風景がとても沖縄に似ている。パパイヤの木がありバナナの林があり。途中、水田なのか白鷺《さぎ》がたくさん群れをなしていた。道中、息子は持参した漢字の練習帳を開いた。鉛筆で何個か書いて、次に算数の文章問題を解いた。こう何もすることがないと、勉強さえもじゅうぶんに娯楽になる。クイズのように楽しみながら解いてゆく問題に目を輝かせながら、飽きるまで考えていた。わたしは隣で絵日記を書き、温かいお茶を飲んだ。穏やかな昼下がりのひととき。差し込む陽がとても心地いい。

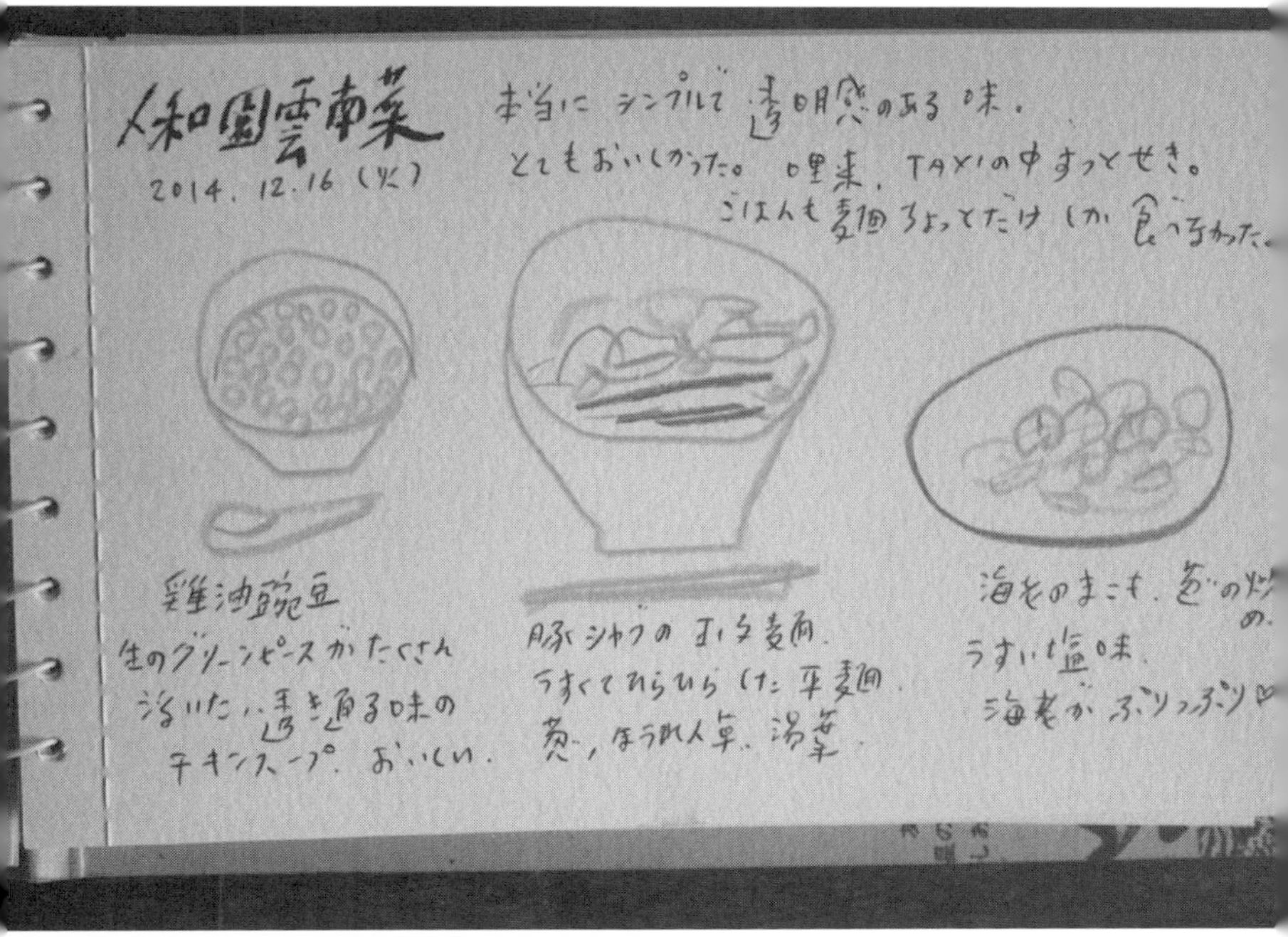
人和園雲南菜
2014.12.16（火）
本当にシンプルで透明感のある味。
とてもおいしかった。喫茶、TAXIの中ずっとせき。
ごはんも麺ちょっとだけしか食べなかった。
鶏油豌豆
生のグリーンピースがたくさん
浮いた、透き通る味の
チキンスープ。おいしい。
豚シャブのまぜ麺。
うすくてひらひらした平麺。
葱、ほうれん草、湯葉。
海老のまこも、葱の炒め。
うすい塩味。
海老がぷりっぷり♡

息子は旅の間、やけに落ち着いていて、たとえ閑散とした夜の街で迷おうとも、「お母さん、大丈夫だよ。そのうちタクシーがすーっと通るから、それに乗ればいいよ」と諭《さと》してくれる。わたしはめっぽう方向音痴で、旅行となるといつも地図は夫任せだったから、こういった時にはまとめてツケが回ってくる。「ああ！　間違えたみたい。ごめん」の連続に、息子は「うん、いいよ」とさらっと言ってくれる。このとき相手が妙にイライラするタイプだったりすると、そのプレッシャーは倍になり、さらなる空回りが続く。ようするに、何事にもイライラはしないほうがいい。自分のためにも相手のためにも。

このように、おとなのわたしは何度も道に迷った。おまけに乗るバスを間違えたりもした。でもこれは想定内。かならずこうなるだろう、と知っていた。そしてこうなることによって息子はきっと、「おとなでも失敗するんだなぁ」とラクになるだろう。実はこの旅の目的のひとつに「おとなの失敗」が含まれている。とはいえ、わたしは普段からおっちょこちょいなので、そんなことは日常茶飯事なのだが……。

台南は台北よりこぢんまりしていて古い建物も数多く残る素敵な街だった。ホテルで自転車を借りて、市場までサイクリングした。先頭は一応わたし。

「ゆっくり行くから無理しないで後をついてきてね」

自転車を乗り慣れない息子はちょっと緊張気味ではあるが、「ＯＫ！」と答えて、真剣な眼差しで進行方向を見つめる。かくいうわたしもいっぱしの妊婦であるから、あんまり無茶はできない。サドルを跨《また》ぐととんがったお腹がこぐ足を邪魔する。凸凹なふたりはよろよろと旧市街を走る。なかなかスリリングでおかしみがある。

市場では、息子の好物の肉まんを評判のお店で並んで食べた。ガードレールに腰掛け、その場で熱々を頬張《ほお》る。すごくおいしい！

「うーーーっ、うまい！」と息子も感動している。

息子にとって海外は、言葉の壁があるせいか常に何かを確認するかのように、じっと様子を窺《うかが》うといった姿が多く見られた。

お母さん任せの旅ではなく、ふたりで力を合わせて、という運命共同体のような旅。これからどんどん親元を離れてゆく子どもの成長過程に、こんな旅ができて嬉しい。

余談だけどこの旅の決定にあたって、6歳の娘の了承を得るのに3日かかった。「タミ（娘の名前）が9歳になったらお母さんと九州行くからねっ！」と最後に何度も念を押された。帰国後、娘はお父さんとかなり蜜月だったらしく、シールやらビーズやらいろんな女の子アイテムを買ってもらってご機嫌だった。

家族とは、こうしてゆるやかな波にどんぶらこと船をこぎながら進んでいくようだ。ほんとうに興味深くて、胸の芯がぎゅっとしびれる思いだ。

キャベツを食べる

三重の里山に住む友人が、「たくさん出来たから」と、箱いっぱいのキャベツを送ってくれた。ごろごろと7玉は入っているだろうか。おまけにキャベツと同系色の青虫も、葉のあいだからのそのそと「ここはどこだ？」と顔を出している。まさか沖縄まで来るなんて夢にも思ってなかっただろうに。

「鶏たちがよろこぶはずね！」

気の毒に虫たちは、子どもたちによって積極的にハンティングされてしまった。

やんばるに住んでいたら、虫が苦手なんて言ってられない。ていうか、もともとわたしはそれほど苦手でもない。しかし世の中には、「生理的に虫嫌い」という人も少なくないだろうし、実はわたしの母も例外ではない。

「虫ってよく見ると、なかなか味わい深い顔をしてるよ」そんなふうにいくら諭しても、「やだ！　こわい！」の一点張り。

たいてい虫嫌いの人は、虫と遭遇すると逃げるか殺すかのどちらかの選択をとるような気がする。ときに後者の場合においては、現場に居合わせた虫が不憫《ふびん》でならない。さささっと目の前を横切っただけなのに（そこに悪意などまったくないのに）、突然パチンだかバシンだかの一撃が飛んでくる。「なにもしないんだから虫だけに無視すればいいのに……」。そんなダジャレでさえ、虫にとっては慰《なぐさ》めのひとつにもならないだろう。

そういえば、ジャポニカ学習帳のノートの表紙も、世界の珍しい虫たちの写真だったけれど、昨今は「気持ち悪いから」というクレームにより、変更を余儀なくされたとか。実物ではなく印刷物でさえも、「虫」ということだけで、こんなにも邪険に扱われてしまうなんて。

庭の草刈りをしていると、ふと何者かの気配を感じて肩に視線を送る。たいていそこには立派なふさふさの毛を持つ虫が居たりするから不思議だ。「どうしてこんなところに？　刺す？　刺されちゃう？」まずは、刺激しないようにパパッと服を払ってからその不在を確認し、「ぎゃー」と叫ぶ。あいにく、毛虫だけはいただけない。そしてこのように叫び声を発することによって、じわっと体内にこもった恐怖感を放出させる。いわば悪霊祓いに近い。それでもいつかは、「かわいいおちびさん」くらいに思えるようになりたい希望を抱いている。

さて、すっかり虫の話になってしまった。キャベツ、そうキャベツのこと。

届いたその日は、キャベツだけのお好み焼きらしいものを作った。薄力粉に少しだけ白玉粉を混ぜて、だし汁でゆるく溶いた生地でキャベツを焼く。鰹節とソースをかけて、甘く柔らかいキャベツ焼きの出来上がり。４人で丸々ひと玉のキャベツを平らげてしまった。

他には、ざくざくと切ってお皿にのせ、胡麻油、にんにく、塩を全体に振り、もうもうと蒸気の立っている蒸し器で5分ほど蒸した。ただそれだけだけど、しみじみとおいしいのだ、これが。

挽き割り豆とキャベツとココナッツのインド風オイル煮や、千切りキャベツいっぱいのコロッケ……。

あんなにあったはずのキャベツは、魔法のように跡形もなくなくなってしまった。

そんなことを、お礼がてら送ってくれた友人に話したら、また届きましたよ！　キャベツさん。もう、嬉しいなぁ。

さて今日は、キャベツとクミンシードとにんにくのソテーを作るつもり。にんにく好きの夫のために、にんにく増量で。今回もまた、あっという間になくなりそうだなぁ……。

話し合うこと

寺子屋（別名「学びのＤ．Ｉ．Ｙ．」）では、隔週で「料理と物語作りの日」、そして「山歩きと工作の日」といったカリキュラムをゆるく行っている。

料理と物語作りの日の今日は、５人の子どもたちとお稲荷さんを作った。まずは揚げの表面に空き瓶をころころ転がして、口が開きやすいようにする。それを半分に切って、酸化した油を落とすためにさっと湯通し、醤油とアガベシロップと本みりんを合わせ、揚げを土鍋にきれいに並べ、ことこと煮る。炊きたてごはんに寿司酢をざっくりとうちわであおぎながら混ぜる。揚げに酢飯を詰める。

材料の分量や出来上がるお稲荷さんの数などを計算することは、足したり掛けたり割ったりの算数の要素が含まれている。最初は、「お稲荷さん、ひとり3個ずつ食べられるね！」と張り切っていたものの、揚げの口を開くところで難儀して破れたりしてしまい、結局ひとり1個ずつ……。「次はきっとうまくいくはずねー」とみんなで励まし合いながらその失敗の原因を探った。用意した揚げは2種類あって、片方は上手くいくのだけれど、もう片方がなかなか難しい。まずは揚げ選びが大事、ということがわかった。それに「子どもの指は短いからおとなよりたいへん」という意見や、「いらいらしたら余計に上手くいかない」という発見もあった。

晴れて出来上がったお稲荷さん。破れた揚げをアレンジしてちらし寿司も作り、みんなでお腹いっぱい食べた。

食後はレゴやチェスをしながら休憩時間。「物語作りは何時から始めようか？」と聞くと、「そうだなー、1時！」「えー、1時半がいい」と意見が分かれるも、子どもたち同士で相談して1時に決定した。

物語作りとは、みんなで輪になってワンセンテンスずつ話を繋げていく遊び。隣の人がどんなことを話すのかよーく聞いていないと続きが話せないので、「人の話に耳を傾ける」ということが必須条件になる。想像力をどんどんふくらませることが求められるので、それなりに得手不得手はありながらも、みんなワクワクしながらひとつの物語を繋げている。

ひとつのお話にかける時間は7分。毎回テーマを決めて限られた時間内で物語をまとめる。それを3セット行う。いっけん簡単なようでなかなか難しく、おとなでもよほどの構成力がないと完結できない。でもそれだけやりがいのある学びなので、テーマ選びも積極的だ。

今回は「お稲荷さんの作り方」、「ひな祭り」、「Kくんが校長先生に怒られた」の3本。お稲荷さんは作り方のおさらいも兼ねて、記憶の糸を辿りながら、無事に「ごちそうさまでした！」で終止符。「ひな祭り」は、前日が桃の節句だったので、それにちなんで女の子のお祭りのお話。「Kくんが校長先生に怒られた」は、今朝、実際に起こった出来事を元に、みんなでKくんになったり、校長先生になったりしながらこのことを俯瞰《ふかん》して考えてみよう、という趣旨で行った。始める前にKくんが「きこちゃん、7分じゃ足りない。10分にしてもいい？」と言ったことが印象深い。というのは、Kくんは天性の活発さから、「問題児」と扱われやすく、本人も「怒られ慣れているから」と、諦めている節《ふし》も時々見受けられる。でも、「10分にしていい？」と言ったKくんの言葉のなかに、「自分の話を聞いてほしい」という意思が窺《うかが》われた。

ざっくりとした経緯を説明すると、きのう学校でスケボーをしていたKくんと友だちは、根元の朽ちた杭を折って、その杭を使って遊んでいたらしい。そこにひとりの先生が来て、「杭を勝手に折った！　これは大事件だから、校長先生に言う」と言って怒りながら去っていった。戻ってきた先生は、「明日の朝、校長先生から話があるから学校に来なさい」とKくんに言った。今朝、お母さんと学校に行ったKくんは、彼なりの言い分を言おう、と昨日の晩から心に決めていた。でも校長先生から「自分が悪いと思ったら素直に謝りなさい」と強く言われ、言い分がありつつもその場を丸く収めるために「ごめんなさい」と謝った。頭に血が上っているおとな相手に謝るしか選択肢はなかった。

その言い分とは、たとえKくんが折らないまでも、きっと強い風が吹いたら倒れるだろうってくらい、もともと杭は腐っていたこと。「たとえば、折る前に折ってもいいですか？　って聞いたら怒られなかったのかな？」とわたしが言うと、「そうかもしれない。聞けばよかった」と後悔している様子。その場にいて、いっしょにスケボーしてた、というふたりの子からは、「おかしいのは、ぼくたちも同じように遊んでたのにどうしてKくんだけが怒られるのかっていうことなんだよ」と言った。「たぶん、Kくんが年上だからってことかもしれないけど、年が下だからって話がわからないわけじゃないんだよ」と、ふたりとも冷静にこのことを考えている。

「じゃあさ、たとえば他の子が杭が倒れてきたら危ないから折った、ということだったらどう？」と聞いてみた。「たぶん、怒られないと思う。でも、折ったのには変わりない」

なぜＫくんだったのか、といえば、その原因のひとつに「不登校児（問題児）だから」という背景が少なくとも関係しているように思える。「大事件」と言った先生は、実はＫくんの担任の教師で、Ｋくんが学校に来ないことをあまりこころよく思っていない（よく思う先生なんていないと思うけど）。学校側は「４時以降だったら校庭でスケボーをやってもいい」と話す反面、「危ないからやめてほしい」とも言うという。

「先生たちの本音はさ、学校に行ってない子どもが校庭で遊ぶことをあんまりよく思ってないんだよねー」と子どもたちが言った。「そうなの？」と聞くと、「うん、そう感じるよ」とその場にいたみんなが頷いた。そんな彼らは全員不登校児だ。

Ｋくんには「怒られる世界」以外にも、もっといろいろな世界（見方）があるんだよ、ということを知ってほしかった。

みんなでＫくんや先生の気持ちになりながら、物語の終末は「まぁ、このことに関しては、怒る人と怒らない人がいる、ってことだね」と誰かが言うと、「ほんとその通り。よし、秘密基地で遊ぼう!」と子どもたちはすっきりした顔つきで外に飛び出して行った。

子どもはおとなが思う以上に、物事の本質を理解しているし、自分の意見を持っている。彼らと話すたびにそのことを思い知らされると同時に、その天真爛漫《てんしんらんまん》な笑顔とまっすぐさに支えられる。

先日お会いした装丁《そうてい》家の矢萩多聞《やはぎたもん》さんのお話だが、彼も小学校は行ったり行かなかったりの不登校児だったらしい。理由は、「先生が自分をコントロールしようとするから」そして、多聞さんのお母さんがその先生に言った言葉が忘れられない。「先生は後2年でこの子との関わりはなくなるけど、わたしは一生付き合うんです。だからどうか、ほっておいてください。この子の将来はわたしが責任を持ちます」

そして多聞さんが4年生のとき、担任になった先生のおかげで「学ぶよろこび」を体感する。「その先生はたとえば国語だったら宮沢賢治《みやざわけんじ》の『やまなし』を1カ月かけてじっくり授業したりするんですよ。『この物語からどんな色を感じるか』とか、とにかくおもしろいこと聞いてくる。歴史はもっとすごくて邪馬台国《やまたいこく》だけで1年授業をやる。『卑弥呼《ひみこ》の好きな果物は?』など、とうていテストとは関係ないことをみんなで話し合ったりするんだけど、その時代の人がどんなことを感じていたか想いを馳《は》せることでぐっと身近に縄文を感じることが出来るんです」

6年生になって担任が代わり、また不登校となり、中学でも「自分の居場所はここにない」と悟った多聞さんは単身インドに渡る……。そんな多聞さんの生き方は彼の著書『偶然の装丁家』で読めるので、ぜひ。

「山歩きと工作の日」のトレッキング担当はお父さんたち。先週は「ものすごいきれいな場所を見つけた!」と興奮して帰ってきた。今度はそこでピクニックしよう。

寺子屋のおやつ

子どもたちがやってくる寺子屋の日は、お母さんたちがおやつを順番に用意することになっている。この日はわたしがおやつ当番だったが、当日は他のお母さんも「なんか作りたくなっちゃった」「ちょうど昨日焼いたから」と、あれこれ3種類のおやつが集まった。これを一皿に盛り付けると、ちょっとしたデザートビュッフェのようだ。

沖縄北部、楚洲《そす》の海辺でカフェと宿を営んでいるお母さんは、さっぱり味のチーズケーキを焼いてきた。東村特産のパインがごろっと入っていて、果実にあたるとぎゅっとした酸味が口中にじゅわーと広がる。

今帰仁《なきじん》から毎週通ってくる6年生の子を持つお母さんは、くがに（オレンジ色に熟したシークワーサー）ジャムを入れて焼いたパウンドケーキだった。ジャムはマーマレードのような風味で、黒糖入りのパウンド生地のしっとり感とよく合う。

わたしはチアシードのココナッツミルクソース。ハーブの種子、「チア」を、ココナッツミルクの甘いシロップでふやかしただけの簡単なデザート。

この日「チアシードを初めて食べた」という子どもは、そのカエルの卵のような見た目にちょっと引き気味……。でも他の子が「けっこうおいしいよ」とすすめると、おそるおそるスプーンを口に入れた。「あれ？　思った味と違う！」

くりくりっと目を丸く、驚いた顔をした。

ココナッツソースはココナッツミルクと豆乳、てんさい糖、ひとつまみの塩を煮溶かして作る。熱をとったココナッツソースでチアチードをふやかして、ここにキウイとあらかじめ茹でた蓮の実、白玉を加えてみた。東南アジアにありそうなデザートだ。

チアシードは、植物性たんぱく質、食物繊維、ミネラルを豊富に含んだ栄養満点の食材。とくに注目されているのは、代謝を促す良質な油、オメガ3の含有量とか。そんなことを子どもたちに話しても、「ふーん」と、さほど興味はなさそう。

さて、この3種類をひと皿に盛りつけたら、早速、勉強が始まる。

普通は、おやつを食べながら勉強するなんて考えられないのかもしれないが、脳に新鮮な酸素を送り、「考える」という環境を整えるには、このおやつの存在はかかせない。これとは逆に、「問題が解けた人からおやつを食べていいよ」ということにしてしまうとかえってそわそわしてしまい、なかなか集中しにくくなるようだ。たとえば、「早く食べたい！　食べたい！　え？　もうあの子解けたの？　やばい！　大きいのとられる！　急いで解かなきゃ」

といった会話はおなじみの光景だと思う。

おやつははじめに一気に食べてしまう子もいれば、ひとくちずつ大事にちょびちょび食べる子もいる。子どもたちが取り組んでいる算数の文章問題。ときに難題に差し掛かるとたちまち頭を抱え「ううううー」と思考停止になることも。このときこそ、おやつの出番だ。

「まぁ、そうイライラせずに、甘いものでも食べて深呼吸してみたら？」と言うと、

「それもそうだね」

と頷きながら気分転換。「すぅーーー、はあーーーー」。脳に酸素を十分に行き渡らせて、気持ちもなんとなく落ち着いたところでもういちど問題に向かうとあら不思

議！ スルスルっと解けたりする場合があるのだ。とはいえ、「解くこと」が目的ではないので「降参！」と言うのも全然構わない。

寺子屋では、考えるプロセスが大切なのであって、答えを出すことに重きは置いていない。

島で育ち、島が繋ぐたべもの

妹夫婦の住む九州は大分へ、まるで里帰りのような気分で向かう。那覇空港から1時間45分の空の旅、ひょいっとひとっ飛び。

当たり前だけど九州は日本です。関東育ちのわたしだけれど、九州ならば内地にあるものだったらたいてい何だって揃う。

たとえばれんこん、梨、柿、柚子《ゆず》、りんご、桃、銀杏《ぎんなん》、筍。甘鯛、ホウボウ、カレイ、鰺、鰯、あさり。

馴染み深い食材たちが、道の駅や産直にずらりと並んでいる。これらの食材は沖縄にはない。まま近しいものもあるけれど、同じものはない。ただどっちがどうということではなく、その土地土地の風土があり気候があり、そこで生まれた風味がある。

そして沖縄は今でこそ日本だけれど、かつては琉球《りゅうきゅう》としてひとつの国だった歴史があり、それくらい独自の文化が色濃い場所。いくら歴史が「日本」と括ろうとも、そこにすっぽり収めようとするにはどうしても無理があるよなぁ、と思う。とりたてて「琉球独立論」とか、そういう話をするつもりではなくて、ほんとうに違うのだもの。空気の匂いも光の色も。

沖縄で好きな果物は、タンカン、アテモヤ、マンゴー、パイン、レイシ（ライチ）、バンシルー（グァバ）、パパヤー、島バナナ。ジャックフルーツもあるし、アボカドも生《な》る。野菜は島らっきょ、島にんにく、コーレーグース、島菜、ナーベラー（へちま）。「島」とつく野菜は他にもたくさんあって、島大根に島人参、島ごぼうなんていうのもある。赤土にたくましく育つ根菜たちの姿はやたら雄々しく、味も野生的で直線だ。

できれば、そこの土地のものを食べて暮らしたい。流通が発達した現代だけれど、暮らす場所の土で育った作物は、そして水はわたしたちを造る。けれど食料自給率のそう高くない沖縄では、なかなか島のものですべてを揃えるのは難しい。だからせめて野菜は島のものを、魚や肉もこの土地のものを、と思っている。そうすれば、だんだんにじわじわとゆっくりだけど、島に両足が着いてチューニングが合ってくるような、そんな気がする。土のなかには、何十億という生き物が棲《す》んでいるという。その生態系の情報の叡智《えいち》がたべものに宿る。自然にグラウンディングするために、わたしたちはそのちいさな生き物たちともしっかり繋がる必要がある。そして見上げる天空の星とも相互していることをも思い出す。

たしかに、島の暮らしはたまに心細い。でも、沖縄で暮らしているからこそ、見えてくるものがたくさん、両手で抱えきれないくらいたくさんあるのだ。

内地から飛行機で1時間45分行くだけで、視野がぐんと色彩を帯びて、こちらに差し迫ってくる。

ふゆ

アルパカのセーターとジーパン、それから足元は母が編んでくれる毛糸の靴下。
冬はユニフォームみたいに毎日同じようなスタイル。
「かなり寒い」という日は、トータルで2週間あるかないかでしょう。
寒がりさんに沖縄の冬は快適。花粉症もないので「冬こそ沖縄」という人も。
果物ではタンカンが出回り、
ほかにも大紅やオートウなどの珍しい柑橘も味わうことができます。
カリフラワー、ブロッコリー、トマト、いんげん……。県産の野菜が豊富な冬。
そして、うちへのドレスコードがビーサンから長靴に変わるのも冬。

おせち備忘録

沖縄に来て、3度目のお正月。

2013年の大晦日、友人宅でおせちの仕込みをした。

なんせ、おせちというものは年に1度しか作らないものだから、上達している手応《てごた》えがなかなか感じられない。

せめて作ったときの感触を忘れないようにと、気づいたことをメモして次に活かしたいと思う。


〈根本家おせちメモ〉

なますの大根と人参はシリシリ器（貝印）で細く切ったほうが食感が軽い（シリシリ器という千切り器が沖縄ではとてもポピュラーで、みんな持っている調理道具P.31写真）。そして柚子は必須。ただ沖縄にはないので、事前に大分の妹のところから送っ

てもらい、皮だけを冷凍しておく。
県産の金時人参（はじめて見た）を、中部の自然食品店「パルズ」で見つけた。大根は名産地のやんばる大宜味《おおぎみ》産。

「伊達巻き用の銅の卵焼き器が欲しい」と、ちらりと思うと同時に、「きっと今だけだろう」と、もうひとりのわたしが俯瞰《ふかん》して見ている。
伊達巻きは、マチの刺身を包丁で細かく細かくたたいて入れてみた。マチとは、沖縄の魚。鯛のような上品な味。味は酒を煮切りして、砂糖、薄口醬油、塩で味つけ。焼き上がった端っこを味見。とてもおいしい。マチ、いい味。

煮〆は、こんにゃく（大分の耶馬渓《やば》産）、金時人参（ひょうたんに型抜きし忘れた！）、島ごぼう、熊本の蓮根、京都の海老芋、干《ほ》し竹の子（耶馬渓産）を根昆布と干し椎茸の出汁《だし》で煮る。2つに分けて煮る。島ごぼう、干し竹の子、こんにゃく、金時人参はしっかりと醬油を利かせた味に。海老芋、蓮根は白く仕上げたいので、色が薄めの煮汁で炊く。

マチの昆布〆。以前営んでいた「coya」のスタッフ実希ちゃんから送ってもらった紅芯《こうしん》大根の塩漬けとともに盛りつけ。白身から大根の紅色が透けて見えてとてもきれい。

黒豆は友人から教わったように、乾豆の状態で煮汁に投入して、保温鍋でゆっくりじっくり味を含ませる方法を次は試したい。そうすると魔法のごとくまったく皺《しわ》が寄らないのだそう。味つけは黒糖、本かえし（醤油、アガベシロップ、みりん）。

大豆と昆布のじっくり煮。

田作りは福岡県糸島《いとじま》のいりこ、アメリカのオーガニックの胡桃《くるみ》（胡桃は新しいものに限る。↑教訓）。

ドゥルワカシー。沖縄のお正月にはかかせない、田芋の炊いたもの。

この田芋の皮をむき、スーチカ（塩豚）、干し竹の子、干し椎茸、いんげんを加えて、鰹節の出汁で炊く。

きんとん代わりのターンムディンガク(田芋田楽)は、紅芋を加えてより色よく。ターンムそのものの色も、(まるで淡谷《あわや》のり子の髪の色みたいな)ほんのりした紫色で好きだけど、今回はお正月なのでぱっと華やかにしてみた。それからしょうがの風味は必須。甘くてこっくりした田芋のおやつ。

スーチカは三枚肉でなく、適度な脂の肩ロースで作った。ハムっぽく仕上げたいときは肩ロースを選ぶ。塩をすりこみ、網の上にのせてビニール袋をかぶせ一晩置く。出てきた水気をふきとって、さらに塩をすりこむ。2日目からおいしいけれど、1、2週間置いても味に深みが出てよい。薄く切って刻んで使った。

ラフティ(豚の角煮)は三枚肉。こっくりこってり仕上げる。コツはラードをせっせと取ること。そしてせめて3日は煮込みたい。

お雑煮。関東育ちのわたしは鶏出汁で。近所の安室《あむろ》養鶏場の廃鶏で出汁。鶏は皮を取り除いた方がすっきり仕上がる。取った皮は食べやすい大きさに切り、皮つきのままの島にんにくとともに塩をまぶしてフライパンでじっくり焼く（しみ出た鶏油は別に取って置いて、炒めものなどに使う）。お雑煮の具、他には小松菜、銀杏切りの大根と人参。柚子の香りは郷愁。餅は高江でついた餅を。餅つきも3年目ともなると、年々要領がわかってくる。沖縄は餅つきの習慣がないから、集まるのは内地の人ばかり。出身もいろいろ。東京は浅草、恵比寿、王子、蒲田《かまた》。千葉、三重、栃木、大阪……。各地から縁あってこの地へ。餅つきは内地の文化。そのせいか、うちなーんちゅ（沖縄県民）にはピンと来ないらしい。そこでKさんが、「たとえば大阪でエイサー祭りとかあるでしょ？　あれと一緒ですよ」と説明したところ、気持ちが伝わったか、「ああ」と納得してくれたって。

多様性を認めてみんな仲良く。違いは個性。共生と共存。

さて、あらたな年のはじまり。沖縄移住3年目という節目。やけに初日の出が沁《し》みた。

真綿をかぶった糀

糀、麹。どちらも読み方は「こうじ」。

糀は米にこうじ菌を付着させて発酵させたもの。

麹は米以外、麦などからおこしたものをそう呼ぶのだとか。

たいていひとつに括って「麹」と言うことが多いけれど、米偏に花という漢字がうつくしいので、私は「糀」の方を好んで使っている。


沖縄北部、名護《なご》の比嘉《ひが》種苗店に行き、「糀菌ください」と伝えると、「味噌用？　甘酒用？」と聞かれた。「味噌用で」と答えつつ、甘酒も買っておけばよかったと思う。それにしても、用途によって菌が違うとは知らなかったなぁ。「種麹菌」と書かれた紙袋の中には真っ白い粉が入っている。まるで風邪のときに飲む粉薬のような微粉だった。

糀のおこし方はやってみると、なかなかおもしろい。わたしの場合は米を5分搗《つ》きに精米して、洗ってから一晩浸水する。次の日米をざるに上げて、蒸し布を敷いた蒸し器で歯ごたえがなくなるまで小1時間ほど蒸す。蒸し布ごとバットなどにひろげ、温度計を差して45度になるまでしゃもじで混ぜながら冷ます。糀菌を耳かき1杯ほど振りかけて全体に混ぜて、最後に手でぎゅぎゅっと押すように混ぜる。上に布巾をかけ、発泡スチロールの容器かクーラーボックスなどに入れて保温する。1晩か1晩半くらいで様子を見て、途中、糀が冷たくなっていたら湯たんぽを入れて温める(「さぁ、目を覚まして。起きなきゃ戻れないよ!」というような気持ち)。米の表面に広い綿帽子がふわーっと覆《おお》っていたら出来上がり。コツは雑菌の繁殖を抑えるため清潔な布巾を使うこと。それから温度。うっかりするとかんかんに熱くなることもあるので、そのときはざっくりとぜんたいに混ぜて熱を逃がす。そんな一連の作業は生き物を相手にしているようでもある。そのときのコンディションでうまくいったりいかなかったり。何度かの失敗を重ねてなんとなくわかってきたかなぁ、という感じ。

糀仕事は主に冬。あたたかい季節だといろいろな菌が元気なので失敗しやすい。わたしは沖縄に来てから作り始めたので、作れる期間がとても短い。はかない冬、貴重な寒さ。

それから糀仕事の間は納豆は厳禁。糀菌が納豆菌に占拠されて、ねばねばの糀になってしまう。納豆菌は2mは飛ぶそうなので、油断禁物。他にもなぜか黒麴菌や紅麴菌が遊びにきて、一部真っ黒&真っ赤になったりしたこともある。

失敗は成功の母。自分を励ましながら、糀をおこす。


出来上がった糀は、糀200g、炊いたごはん300g、水500ccでよく混ぜて、瓶に入れて冷蔵庫で2週間ほど寝かせてゆっくり発酵させる。すると、ヨーグルトドリンクのようなかすかな酸味がある糀ジュースの出来上がり。一度、発酵が過ぎて発泡酒になったことが。それはそれで棚ぼた、けっこうおいしかった。そういうパプニングもおもしろい糀。本当に不思議な食材なのだ。

味噌、塩糀、醬油糀、甘酒……。糀からいろいろなものが作れるから、発酵はほんとにたのしい。

2月が旬のトマト

トマトといえば、盛夏。かれこれ40年くらいそういう感覚でいたけれど、ここ沖縄では違った。真冬の2月からがトマトシーズンの到来。はじめてそれを知ったときは、「えええっ」とほんとにびっくりした。というのも、沖縄を「日本」として括るのは、気候的にいえば相当無理もあり……。

それでも沖縄とて2月はそれなりに寒い。コットンのランニングにコットンの長袖を重ね、カシミアのセーターを着込む。出かけるときはその上に薄手のコートをはおる。ボトムはコットンのレギンスにズボン、靴下は2枚履き。わたしの場合はそんな格好だけど、なかには猛者《もさ》がいて、冬でも裸足に島ぞうり（ビーチサンダル）という軽やかさ。それもひとりふたりではなく、今思い浮かべただけでも6人はいる。冷えないのだろうか。それとも気合で「寒い」というマインドを消せるのだろうか。とい

うのも、先日出会った、通称「忍者先生」は、ありとあらゆる苦行を重ねたお方。風体こそは柔和《にゅうわ》な翁《おきな》だが、その眼光の奥に潜む鋭さは、ただものじゃない雰囲気を漂《ただよ》わせている。そんな忍者先生が経験した修行の中には(もちろん)「真冬の滝にうたれる」という行もあり、この狙いは「寒い」という雑念を解放する、むしろ内包して丸ごと「無」で包んでしまう、という壮大なスケール感。

「いやね、それがね、だんだんにね、ふわーっとなってきてちーっとも寒くなくなるんですよ」と、お釈迦《しゃか》様のような微笑《ほほえ》みでおっしゃる。「ふわーって……1歩間違えば、死んじゃうんじゃないですか?!」

「ふふふ」と意味あり気に静かに笑い、「そうですね。でも死なないようにしないとね」

よく「悟りの境地」と言うけれど、そこまで行くのにどこでもドアなんかないらしい。

おっと話しが逸れました。トマトです、トマト。

そんな季節にトマトなんかちっとも食べたいと思わなかったけれど、それが5年も住んでいると、だんだんにじわじわと。

トマトと島豆腐のカプレーゼは、水切りした豆腐を塩糀に2日ほど漬け込む。バジルペーストは、バジル、塩糀、レモン汁、オリーヴオイル、にんにく少しをミキサーにかける。

お皿にスライスしたトマト、島豆腐、バジルペーストを盛りつけて出来上がり。

他には、茹でた海老にざく切りのトマト、それからパクチーをレモン汁と塩（ヒマラヤンソルト）、オリーヴオイルでマリネ。うちでは島唐辛子をレモン汁に漬け込んだもの（冷蔵庫で半年くらい保存可能）があるので、それを刻んで入れる。好みで紫玉葱やアボカドを加えても。

トマトを半分に切ってオリーヴオイルで片面じっくり焼くトマトステーキもおいしい。食べるときにイタリアンパセリ、塩、胡椒。

子どもたちが通う牧場の父兄のなかに、素晴らしいトマトを作っている農家さんがいる。嘉数《かかず》農園のトマトはかわいいパッケージが目を引き、その種類もいろいろ。色も赤から黄色、ダークレッド、マーブルのような不思議な模様とカラフルだ。

そのなかでひときわ気に入っているのが、「ボルゲーゼ」というイタリアのミディアムトマト。形はまん丸でお尻のところがきゅっと尖っている。これでドライトマトを作るとおいしい！　トマトは半分に切ってディハイドレーターで5時間ほど乾燥させる。ほんとうは天日干しがいいけれど、湿度の高い沖縄ではなかなか叶わず。

セミドライ程度に仕上がったトマトに塩とドライハーブをまぶしてビンに詰め、上からオリーヴオイルをひたひたまで注げば出来上がり。パスタにしたり豆腐にのせたりサラダのトッピングにしたりパンに練りこんだり。

黄色や赤のミニトマト、フルーツトマト。沖縄のトマトシーズンが終わる前に、せっせとセミドライトマトをたくさん作って夏に向けてストックしておこう。それから保存は冷蔵庫で。

トマトはケッチャップやトマトソースにしておくと長くたのしめる。うちのケッ

チャップは東村名産のパイン入り。トマト、玉ねぎ、セロリ、パインをことこと煮込み、量が半分くらいになったら塩を加える。しっかり脱気すれば何年でももつ。

ところで、うちにもほとんど野生化（？）したトマトがそこかしこにあって、どうやらこぼれ種から芽を出したそのトマトは、にょきにょきつるを伸ばして勢力を伸ばしている。いったいどこまでがトマトでどこまでが雑草なのか見分けがつかないくらい、わしゃわしゃと混じりあっている。赤くなった地面近くのトマトは鶏のおやつに取られてしまい、残った上の方を子どもたちがとってきては朝ごはんのときに食べている。お日様の匂いたっぷりの酸っぱくてワイルドなテイスト。

じゃがいも掘り

2月になると、じゃがいも掘りが忙しい。
三本鍬でざくざくと真っ赤な土を掘り起こす。その中からごろんごろんと大きなじゃがいもがどんどん発掘されてゆく。さらに掘り損なってないか土に手を入れて、あの丸い感触を見逃さないよう意識を指先に集中させる。ひやっと冷たい粘土質の土。爪に入る土が重い。じゃがいもは、さっと天日で乾かしてから袋に詰めるのだけど、あまり長い時間お日様の下にほうっておくと、緑化して味の苦いじゃがいもになってしまう。

たっぷりと太ったみずみずしいじゃがいも。
今夜は子どもたちのリクエストに応えてフライドポテトを作ろう。
洗ったじゃがいもを食べやすい大きさに切って鍋に入れる。ここに油、ローズマリー

の枝、皮ごとのにんにくも入れて火にかける。低い温度からじっくりと揚げると、カリッとおいしいポテトになる。揚げたてにヒマラヤンソルトを振ってがさっと混ぜたら出来上がり。

もうひとつのレシピ、ポテトポタージュ。圧力鍋にオリーヴオイルをひいて、にんにくと玉葱を炒め、うっすらと色付いたら、人参、皮をむいたじゃがいもを入れてさらに炒める。ここに水をひたひたに加え、圧力鍋のふたをして圧をかける。シュシュッとしてきたら火を弱めて5分。自然に圧が抜けたらふたを取って、ハンドミキサーで攪拌し、塩で調味して出来上がり。いろいろな野菜を加えた野菜ポタージュにしてもおいしい。ごぼう、カリフラワー、セロリ……。

他にも中国で食べたじゃがいもの和《あ》え物は簡単でよく作る。中国名は炒土豆絲《チャオトウードウスー》。作り方は、じゃがいもの皮をむいて千切りにし水にさらす。その間にたっぷりの湯を沸かしておく。フライパンに油をひいて、葱やピーマン、セロリやきのこなどを炒めてしんなりしたら魚醤とひとつまみの砂糖またはアガベシロップで調味する。じゃがいもを1分ほどさっと茹でて、ざるに上げて手早く水気を切り、炒めた野菜と和える。

味をみて魚醬を足したり、好みでパクチーや唐辛子を加える。あれば千切りの搾菜を入れるとおいしい。

シャキシャキした食感がこの料理の要《かなめ》なので、くれぐれも茹で過ぎには気をつける。

じゃがいも料理で思い出すのが、シルクロードの街カシュガル。観光客用の大型ホテルの横に併設されていた古めかしいレストランに、なんの期待もなしにビール飲みたさに入った。この街はイスラム教色が濃いので、大衆食堂にお酒は置いていない。もくもくとおいしそうな煙をあげて、ジュージューと音をたてながら羊の串焼きを焼いている屋台があっても、けっして赤ワインなど置いてない。持ち込みで飲むのもご法度だし、気の利いたサイドメニューもない。「ここにベイクドポテトなんかあったらもう最高なんだけどなぁ」と、旅のあいだ何度も想像した。

羊屋台とじゃがいもと赤ワイン。普段は白ワイン一辺倒だけど、この場合は赤を。未練がましくも、いまだにその風景を思い出すたびに涎《よだれ》が出そうになる。

島の魚

めずらしく夫からのリクエスト。

「フィッシュ&チップスが食べたい」

そのときわたしたちの脳裏に浮かぶのは、ハワイのカウアイ島のあの店だ。海辺のあかるい街角にある、フィッシュ&チップスの専門店。働くスタッフはみんなさわやかで、まるで潮風のようだった。レジの女の子はチャーミングなおへそを見せながら、てきぱきと客をさばく。オーダーをとり、お金を払い、名前を告げる。「キコ!」と呼ばれるのが待ち遠しくて、先にきたビールを飲みながらレジの方をチラチラ見ていた。フィッシュはその日あがった魚から何種類か選べるようになっている。マグロ、タイ、サメ、そしてマヒマヒ。マヒマヒとはシイラのこと。シイラの身は淡白だけど、こうしてフライや味噌漬けにするとぐんとおいしくなる。山盛りのポテトフライにケッチャップをつけながら、マヒマヒのフライを食べた。

ここ沖縄でも、マヒマヒはとても馴染み深い魚だ。

スーパーマーケットで100g100円の切り身を買ってきて、塩を振る。そのまま10分ほど置く。その間にタルタルソースを作る。冷蔵庫に塩糀に漬け込んだ豆腐があったので、それを手でほぐしてミキサーに入れる。菜種サラダ油、レモン汁と米酢、粒マスタード、少々のにんにく、アガベシロップを加えスイッチオン。

攪拌したソースをボールにうつし、新玉葱とフェンネルのみじん切り、挽《ひ》き立ての黒胡椒、それから隠し味にお土産にもらったトリュフ塩をほんのひとつまみ、よく混ぜたら出来上がり。

まずはじゃがいもから揚げていこう。じゃがいもは乱切りにして揚げ油の中に入れておく。それから火をつけて、じっくりからっと揚げる。皮がぷっくりしてきたら揚がっているサイン。

次はマヒマヒ。マヒマヒの水気を拭《ふ》き取って、適当にぶつ切り。全体におろしにんにくをうっすらまぶし、水で溶いた強力粉に身をくぐらし、パン粉をはたき、中温の油でゆっくり揚げる。

マヒマヒのフライは、タルタルの他に、シンプルにレモン汁&黒胡椒でもおいしい。

ポテトフライに添えるケッチャップはトマトピューレにケイジャンスパイス、焦がし玉葱や人参ピュレなどいろいろ混ぜた手作りソース。こうして野菜庫の掃除を兼ねたソースは二度と同じものは作れない。

揚げたてのフィッシュ&チップス。このとき飲みたいのは、ギネスビールをアップルタイザーで割ったもの。けれどうちにはオリオンしかない！

ここは沖縄さー、オリオンとシイラ、友だちの畑のじゃがいも、島豆腐のタルタル……。

しかと沖縄しながら、チャンプルー文化を食卓から感じよう。

ひよこ豆の大活躍

ひと晩浸水させたひよこ豆1キロをたっぷりの湯で茹でる。はじめは強火にかけ、そのまま沸騰直前まで煮ていくと、ふっわふわの石鹸の泡のような生成り色の灰汁《あく》がぷっくりとおおらかに浮いてくる。それをレードルですくいながら、あとはひたすら好みの硬さになるまで弱火にかける。

1粒食べてみる。OK。茹で上がった豆を瓶に入れ、豆が熱いうちに米酢と少々の塩を加え、あればベイリーフや粒胡椒もいれてひよこ豆のピクルスを作る。この場合の豆は柔らかめの茹で上がりより、ある程度歯ごたえがあったほうがカリッポリッと断然おいしい。ピクルスはあら熱がとれたら食べられるけれど、さらに2〜3時間置くと酢がほどよく馴染む。

柔らかく茹でたひよこ豆とオリーヴオイル、塩糀、レモン汁、ドライハーブ、にんにく少々をフードプロセッサーにかけてなめらかになるまで攪拌すれば、フムスの出来上がり。パンに挟めばお腹いっぱいなサンドウィッチになる。このフムスにきゅうりのスライスや玉葱のみじん切りを加えると、まるでゆで卵のような風味になるので子どもたちも大好きなサラダだ。

多めに作ったフムスは玉葱のみじん切りを炒めたものと薄力粉を加えてコロッケにしたり（ソースよりケッチャップが合う）、野菜ブイヨンでのばしてスープにしてもいい。茹でた豆のまま冷凍保存もできるけど、若干豆がパサつくので、汁気の多いメニューに使うといいかもしれない。

豆のまま冷凍するときは、豆を熱い茹で汁に浸したまま、ここに塩を加え「おいしいな」くらいの味にし、冷めるまで置く。ジッパー付きのビニール袋に豆だけを入れて空気をしっかり抜き平たく冷凍。

これを作っておけば、「今日は豆のカレーにしよう」とか、「豆とトマトを野菜で煮てクスクスにしよう」あるいは「米とクミンシードと豆の炊き込みごはん（このときは、パサつく豆が栗っぽくなってそれはそれでいける）」など、使いたいときにすぐに使えて重宝する。

それからひよこ豆で仕込む味噌は、こっくりとした甘みある風味に仕上がる。もちろんスパイスとの相性もいいので、煎《い》ったコリアンダーシードやクミンシードと混ぜた「インド味噌」もあり。

病み上がりの料理

大風邪をひいた。それも家族全員リレー式に風邪菌がまわり、この2週間は誰かしら寝込んでいるという状況だった。今は、最後にひいた（まるでくじみたい）息子がたまに小さく咳《せ》き込むだけで、もうじき風邪週間は明ける兆《きざ》し。真冬の寒空、灯油ストーヴで暖をとりながら静かな日々を味わっている。こういうときはどこからか噂《うわさ》が広まり（風のうわさならぬ、風邪のうわさ）、近隣遠方からの来客もないし、出掛ける予定もすべて返上。風邪を治すということだけに目的はしぼられ、そのための相互秩序がきっちり整う。それはほんとうに素晴らしいなぁと思う。

わたしなりの大風邪の定義とは、熱が39度以上出ること。身体の節々が痛むこと。食欲がなくなること。今回はそれらにぴたりと当てはまり、食欲に関して3日間何も食べる気がせず、せいぜいみかんとかりんごとか、季節の果物を数口食べるだけだった。こうなるとみるみる痩せていくけれど不思議と焦りはなく、ほんとうに必要なタイミングのときに食欲はむくっと起き上がるんだろうなぁと熱っぽい頭でぼんやり思った。

風邪の間、ごはんの支度《したく》はひと足先によくなった夫の役割だった。「お腹すいた」という子どもたちのために、煮込みうどんやおかゆをこしらえていた。わたしは4日目くらいからようやく「作りたいし、ちょっと食べたい」と思うようになってきたので、思いつくものを時間をかけて作った。

もちきびと野菜のシチューは、そのときあった野菜、玉葱、さつまいも、じゃがいも、かぶを小さく切る。土鍋に油をうすくひき、玉葱を透明になるまで炒める。野菜を加え、かぶるくらいの水を注ぎ、洗ったもちきびを入れてふたをして煮込む。野菜ともちきびが柔らかくなったら塩で味をつけて出来上がり。普段だったら、白味噌や豆乳など入れるけど、風邪のときは入れたくない。できるだけ簡素な味が食べたい。胡椒やハーブなんてのも、やっぱり元気なときだからこそおいしく感じる。

卵色のとろとろしたシチューをみんなですすった。ふうふう言いながら無言で食べた。

次の日はすいとんを作った。ごぼう、玉葱、さつまいも、大根をゆっくりと椅子《いす》に座りながら細かく刻む。土鍋に黒胡麻油をひき、まず玉葱を炒めてから、のこりの野菜を入れたっぷりの水を加え煮込む。すいとんは小麦粉と塩を水でよく練って、ふつふつしている鍋のなかにちぎって入れる。10分くらい煮込み、味噌と薄口醬油で味をつける。芹《せり》があったので刻んだ。食材選びひとつでも、だんだん回復していることがよくわかる。

その次の日は炊き込みご飯とゆし豆腐汁。白米は7分搗きに精米し、洗って浸水させておく。炊き込む具材は、ごぼう、人参、ひじき、切り干し大根、ヘンプナッツ、茹でた貝豆、いりこ。薄口醬油、塩を加えて土鍋で炊く。炊き上がりに人参の葉っぱを刻んだものも加えた。

ゆし豆腐とは、おぼろ豆腐のようなふわっとした沖縄の豆腐のこと。これを根昆布の出汁で時間をかけてことこと静かに煮込み、わかめと炒った白胡麻、胡麻油、薄口醬油を加え汁にした。しょうがも加えるとなおよかったけれど、すっかり忘れてしまった。

飯と汁、それに作り置きしてある大根の甘酢漬け、醬油漬けなどといっしょに食べた。米のプチプチした食感がやけに新鮮に感じる。

「こういうものが作りたい。こういうものが食べたい」という身体の声に添って必要最小限にあるもので作る。まるで修道院の料理のような静かな食事。

いっせいに森の樹々が芽吹く前の儀式のように、内側に溜まっているエネルギーに意識を向けるような料理。

病気のときのこういったちょっとした「ああ、そうか」と思ったり感じたりしたことは、案外ずっと忘れなかったりするもので、後々何かの助けになったりする。

解くということにこだわらない

風邪で牧場を休んだ息子は、しばらく居間のソファでぼおっとしていた。まだ熱は38度以上あるから、まだまだ意識は上の空のようだ。そんな息子の様子を気に掛けながら、わたしはテーブルに向かって黙々と原稿を書きすすめていた。やけに静かなのは、娘と夫が外に出かけているからだ。

「ああ、作りたいものがわかった」

突然むくっと起き上がった息子は「折り紙ない？」と急にがさごそ引き出しを探し始めた。引き出しの4段目に入っている折り紙を10枚かそこら無造作に取り出し、どさっと椅子に座り、なにやら集中して折っている。「あ、そっか」「いや、こうだな」ぶつぶつと独り言を言いながら、ちいさな指先を動かし続けている。「できた。お母さん、見て」

目の前に差し出された完成品は、小さなクリスマスツリーだった。それは、去年のクリスマス前に食べに行った、メキシコ料理屋さんでたくさん飾ってあったものとほぼ同じ形だった。

「見ないで作った」息子は言った。

そりゃそうだろう。あれから1カ月は経過しているし、あのとき「こんなの折り紙で作れるんだねぇ。すごいねぇ」と家族で感心したにせよ、どういう経緯を経て、このタイミングでこの立体は完成を遂げたんだろう。わたしはものすごく不思議になった。以前読んだ本で、『わからない』という事象について、あとは小脳が勝手に考え続けてくれる」というような、まるで魔法みたいな記述を目にしたことがある。そのときはいまいち意味がよくわからなかったけれど、この場合はきっと鍵は小脳の働きだ。これまで小脳は主に運動を司《つかさど》る役割を担っている、と言われていたけれど、どうも他にも重要な仕事があるらしい。いわば、司令塔である大脳の部下役として、かなりの思考処理をこなしているのだとか。大脳の脳細胞の数は約140億個。小脳はなんと1000億個以上。「12歳までにしっかりとこの小脳を使えるように育て、以後、大脳をきちんとサポート出来るように今のうちから準備することが大切」と、その本には書いてあった。

我が家では算数の文章問題を週に2～3問やっているのだけれど、よく考えても答えが出ない、「わからない」ときは、「わからん帳」というファイルにいったん保留しておく。なぜそうするかというと、それがこの文章問題のルールのうちのひとつなのだ。それに答えは「おまけ」なんだそう。

忘れた頃に引っ張り出してもう一度トライすると案外わかったりすることが多いのもよくあることで、これも、「小脳が勝手に考え続けてくれたおかげ」なのかもしれない。そう思うと、「解ける」までのプロセスがいかに重要かがよくわかる。それを待たずして、答えに執着するのは大いにもったいない。

だとすれば、「ひらめき」も、ずっと小脳が考え続けていた結果だろう。

まだまだよくわからない脳の世界。そして、頭と身体は密接に繋がっているから、感情抜きにしての学習はありえないなぁとつくづく思う。

大根三昧の夕飯

夕方家に戻ったら、玄関先の鶏小屋の上に新聞紙の包みが置いてあった。夫は「きっと（友達の）S君だよ。中には大根が入っている」と、まるで預言者のように言いながら、「ほら」と、その包みをわたしに渡した。重さといい長さといい、間違いなく大根だ。それも立派な葉付き。

ちょうど宇和島のじゃこアイテムがいろいろあったので、今夜は大根葉とちりめんじゃこの炒めものにしようと思いつく。大根おろしもたっぷりすりおろして、じゃこ天に添えよう。いっそ味噌汁の具も千切り大根でいい。おまけに常備菜には大根の甘酢漬けも間引き大根の甘醬油漬けもある。

なんだか大根尽くしの献立だ。

大根葉は少々の塩を加えた湯で茹でて、ざるにあげて自然に冷めるのを待つ。ぎゅっと水気を絞ったら、みじん切りにする。フライパンに油をひき、白胡麻を加え炒める。

ここにちりめんじゃこをひとつかみ加え、かりっと炒める。大根葉も加え、全体に和えるように炒めて、薄口醤油で味付けをする。

ただこれだけなのにごはんを何杯もおかわり出来るほどおいしい。じゃこ天も原材料を見るとごくシンプル。じゃこ、馬鈴薯《ばれいしょ》でんぷん、塩、砂糖、酵母エキス、卵白。さっと網で炙っておろししょうがをのせて食べる。

子どもたちは大事そうに、じゃこ天をちいさくちぎって食べている。普段めったにかまぼこやちくわといった練り物の類は買わないから、なおさらおいしく感じるのだろう。大根葉の炒めものも、ごはんの上に山盛りのせてかき込むようにして食べている。ときは平成だけれど、気分はいたって昭和だ。

大根は食べ物の陰陽でいえば陽だけれど、大根全体だと陰は根っこの部分、陽は葉っぱ。食べたそばから身体がよろこぶよう。

なんでもない日のなんでもない夕飯。こういうごはんは縁の下の力持ち。

あたらしい家族

3番目にうまれた子どもを、みんなでかわいがっている。
それぞれの持ち味で、赤ん坊にそそぐだけそそいでいる。
その様子がほほえましくて、赤ん坊が泣いてもすぐには向かわずに、
まずは子どもたちがどうするのかを、見守っている。
「ほら！　お母さん泣いてるよー」と、
急かされるように訴えられても、
「うん、そうだねぇ」と流しながら、
息子がゆっさゆっさ泣く赤ん坊を抱っこしている姿を
横目でちらちら見ている。
息子の隣では娘が「エンエーン！　ね！　ネェネェと遊ぼう！」
とあやすのを、内心くーっとこみ上げるものを感じながら
（それを悟られないように）、記憶に刻んでいる。
わたしが産んだ子を、
この子たちはほんとうにまごころもって接してくれる。
夫も、３人目となればもう余裕のようで、

たとえ泣いても「涙もまたかわいーなぁ」
なんて呑気なことをいいながら、
両腕でくるむように抱きしめている。
ふと、思う。人間は本来、こんなふうにちいさな人間を
「かわいい」と思うようにインプットされているだろうか。
それとも、後天的なものなのだろうか。
親に、家族に、あるいはまわりのおとなに、
いろいろな人間にだいじにされて、
はじめて「かわいがるということ」が
できるようになるのだとしたら、真に大それたことだ。
ささやかだけど、この作業は
ものすごく壮大だということに、くらっとした。
そして、わが子という線引きなしに、
子どもということで、やさしく、
寛大な世界であって欲しいと思う。

妊婦ＬＩＦＥ

妊婦はそのルックスが最高だと思う。デーンと張り出たお腹のせいで、妙に姿勢がいい。そして大地を踏みしめるかのような歩き方。はっ！　と気づけば、くるくると弧を描くようにお腹をさすっている。そしてその円はなぜか右回り。

若杉《わかすぎ》ばあちゃんこと若杉友子《ともこ》さんの本に書いてあった、「右回転と左回転では味が変わる」という話によると、右に回転しているものは中心に集まっていく動きなのだとか。そして陰陽でいえば陽性で、求心性の力だそう。「おいしく作るためには、混ぜるときかならず右回り（時計回り）にすること」と、読んでから、しっかりと実践している。「そのことと関係あるのかもしれないなぁ」と思いながら、でもこうしてくるくるしているとやけに落ち着くのだ。

さて、第3児の出産がいよいよ間近に控えている。そして3人以上子どもがいる人がかならず言うのが、「3人目から子育てが変わるよ」ということ。子どもたちのな

かで小さな社会が出来るのだとか。おおいに興味はありつつも、こればかりは神様の領域なので、「いつ授かるかはわかりません」と思っていた。

かれこれ6年ぶりの出産。それくらい上の子と年齢が離れるとどうなのか？　そういったことも含めて、今回は興味津々なお産である。

上の子ふたりを妊娠中のときは、毎日がお花畑のようだった。何を見ても感動しっぱなしで、たとえば道端にひっそりと咲く野の花に涙したり、一杯のお茶の味に胸が震えたりと、アドレナリンの泉が湧き出ているかのような思わぬ反応をしていた。幸いつわりとは縁がなかったので、「妊婦最高！」という思い出がしっかりと刻まれていたのだが、今回はちょっと違う……。「なんとなーくだるい」という世にいう「つわり」がダラダラと続き、小さな筋腫を摘出する手術も2回受け、最後の最後にインフル感染という思わぬハプニング。妊婦なのに4キロも痩せ、あげく持病の喘息もしっかりと出てしまい、結果泣く泣く薬に頼らざるを得ない状況に。

「妊娠中は前回といっしょ、というわけにはいかないのね」と突きつけられた現実を見せつけられた。やれやれ。

でも、お腹の子はへっちゃらだったらしく、母が寝込んでいる最中も元気に蹴ったりパンチしたりしゃっくりをしたり、実に賑やかだった。

そして今回は初の自宅出産を考えている。助産師さんはわたしと同じ歳の女性。そのシチュエーションはなかなか新鮮で、ベテランお婆ちゃんのお産婆さんに介助してもらった上ふたりとはちょっと心構えが違う。当たり前だけど、「産むのは自分」ということを、とても意識している日々。

女性にとって妊娠そして出産は、体や心をリセットするよき機会だという。わたしの場合、6年という期間に溜め込んだものを、いいものもそうでないものも、一度手放して俯瞰して見ているような気がしてならない。

さて、この大きなお腹との付き合いもそろそろお終い。気を引き締めて迎えよう。

おむつの準備

妊娠中は読書がすすむ。

今は歯に衣着せぬ語り口が実に小気味良い、三砂《みさご》ちづるさんの著書『赤ちゃんにおむつはいらない』を読んでいる。

今から60年ほど前までは、生後2カ月でおむつがとれていた赤ちゃんも数多くいたとか。

「え？」

耳を疑うほどにびっくりするが、赤ちゃんをよーく観察していると、排泄《はいせつ》したい合図がわかるとか。その合図を察したら、速やかに赤ちゃんをおまるに連れて行き、そこで用を足させる、というわけだ。

合図は、急な沈黙だったり、お尻をむずむずとさせたりと、赤ちゃんによってさま

ざまらしい。

お腹にいるこの子の場合は、いったいどんなサインを送ってくるんだろう。

今いくら考えてもまったくの未知なる領域なので、産まれたら、これはぜひ実践してみなくては。


上の子ふたりのときは、布おむつを使っていた。手縫いのさらしやミッフィーちゃん柄のガーゼなど、そのときはまわりからお古をたくさんもらったので、ありがたくフル活用。替える回数は多いときには1日20から30枚使うこともあった。布おむつを始める前は、さぞかし洗濯がたいへんだろうと思いきや、「洗濯機」という文明の利器のおかげでそれほどでもなかった。何より、お風呂の水をホースで汲《く》みあげて再利用できるので、うんと水の節約になる。

やんばるに越してからの3年間は、たまたま目の前が川だったので、「川で洗濯する」という時代錯誤的な行いに没頭した。川での洗濯はとても気持ち良いものだけど、脱水がたいへんだった。ジーンズやシーツなどの生地が厚いものや大ものに限っては、苦行としか言いようがないくらい厳しい。それに洗って絞っての作業をやっていると、ゆうに1時間はかかる。ありがたいことに、当時のわたしには時間だけはたっぷりあった。おかげで桃こそ流れては来なかったが、移りゆく森の風景に包まれて、水に触れる気持ちよさを十分に堪能できた。

だから、わたしにとって「洗濯機」とは、「サー」の称号をつけてもいいくらい名誉ある発明だと思う(そして今は洗濯機を所有している)。

晴天の空の下、風にはためく真っ白いおむつは、「ぐんぐん育て」と、思わずキャッチコピーをつけたくなるくらい健《すこ》やかな光景だ。

おむつ情報は時代とともに変わっていくようで(つくづく情報は「生き物」だと思う)、これまでは布おむつ+おむつカバーを使っていたけれど、このおむつカバーを使わないお母さんもいるようだ。名付けて「ふんどし育児」。布おむつを「おむつバンド」というもので軽く止めるだけ。おむつバンドは市販もされているが、太めのゴムを布で覆って作ると簡単。さながら大きめのシュシュのようなおむつバンド、早速わたしも作ってみた。ふんどし育児はできるだけ締め付けのないようにおむつを限りなくゆるく当てる、というもの。漏れることはむしろ前提らしく「漏れたら拭けばいい」というおおらかさと室内環境さえ許せば、そんなおむつとの付き合い方もあるようだ。

そして沖縄は年中温暖な気候なので、裸に近い格好をさせやすいという利点がある。うちはとくに住まいの立地もジャングル内なので、ますます生まれ持った野性が芽生えそうで、わくわくしている。

三砂さんいわく、「股の間にたとえ布いちまいあるだけで、人間の感覚は鈍感になる」とか。その昔、日本の日常着は着物だったが、その頃は下着なんかつけていなかった。当時の女性は自然と「インナーマッスル」が鍛えられていて、生理のときもナプキンなど当てず、トイレでまとめて月経血を排出できたとか（これは、月経血コントロールで調べれば、いろいろな情報が載っている）。

これには、「ああ、そういうことあるなぁ」と思い当たる節もある。でも、実際に当て物がないことを想像すると、なんともこころもとないなぁ……という地点で止まっている。

この本には他にもたくさんのおむつにまつわる事例が載っている。時代とともに移り変わりゆくおむつ事情。なにがベストなのか探るのは、なかなか興味深い。

ナイスキャッチ！

うぐいす鳴くうららかな3月、3番目の子は生まれた。

それにしてもお産というものは、何回経験しようが毎回どきどきするものだ。実際に、6人産んだ近所の友だちも「当たり前だよー。いつだって緊張するよ」と言っていたっけ。

6年ぶりのお産を夫とその（愉快な）仲間たちが建てた家で迎えられることのしあわせを噛み締めて。

明け方に「あ、これは間違いなく〝あの〟痛みだ！」と、ひとり布団の中で確信してから80分後、次女はこの世に生まれ落ちた。獣のような唸《うな》り声をあげていたにもかかわらず、子どもたちもお世話しに来てくれていた母も、誰も起きてこなかったのがすごい。ジャングルに響き渡るかのように本能のまま、うおーとかがあーとかしぼりだすように出てくる声に身をまかせて。後で知ったことは、子宮口と口は密接につながっていて、口は開けたほうがラクとのこと。

そして今回も期待を裏切らず、やはり過激に痛かった。でもそんな痛みは産んだそばからすぐに忘れてしまう。そう、きれいさっぱり。ただ、「痛かった」という言葉だけが残ってて、痛みそのものの疼《うず》きは跡形もなくなる。「痛みは身体だけで、こころは痛くないからかなぁ」と、その理由を考えてみたりもするけれど、ほんとうに不思議な身体感覚だ。

陣痛中はわたしをフォローしようと落ち着き払っていた夫も、ちょっとした隙にもう赤ん坊の頭が出ていたのを発見したときはさすがに慌ててしまった。

「え！？　もう出てるじゃん！」。それからは羊水の滝とともに、どどどっーともののすごい勢いで流れ落ちてきた赤ん坊。「わわわわわぁ！」と夫が差し伸べた両手は見事、赤ん坊をナイスキャッチしたのだった。

ほどなくして助産婦さんが「あー間に合わなかったですね」と笑いながら早朝の我が家に到着した。

いつもと同じ、きらきらした光のあふれる朝。

わたしのお腹の上に、タオルぐるぐる巻きで横たわる小さき人の重みに「出てきてしまったんだなぁ」とその存在を実感した。生まれる日は生まれる本人しか知る由もなく、それまでわたしもまわりも「いつだろうね、次の大潮かもしれないね」と、静かな抑揚感を抱き、そして本日、満を持してのご対面。

まさかの助産婦さん不在、夫とふたりの出産だったけれど、夫が取り上げたというより、赤ん坊が自らの意思で出てきたのだ。自分の意思といっても自我とは違う、なにか大きなもの、捉えられないもの、宇宙とか神さまとか（言葉にしようとするとなんだかしっくりこないなぁ）、そこにぐいっと引っ張られたようなちから。

そしてできればこの日のことをいつも胸に留めておきたい。こころが戻る場所があるとわかっていれば、きっと大丈夫な気がする。

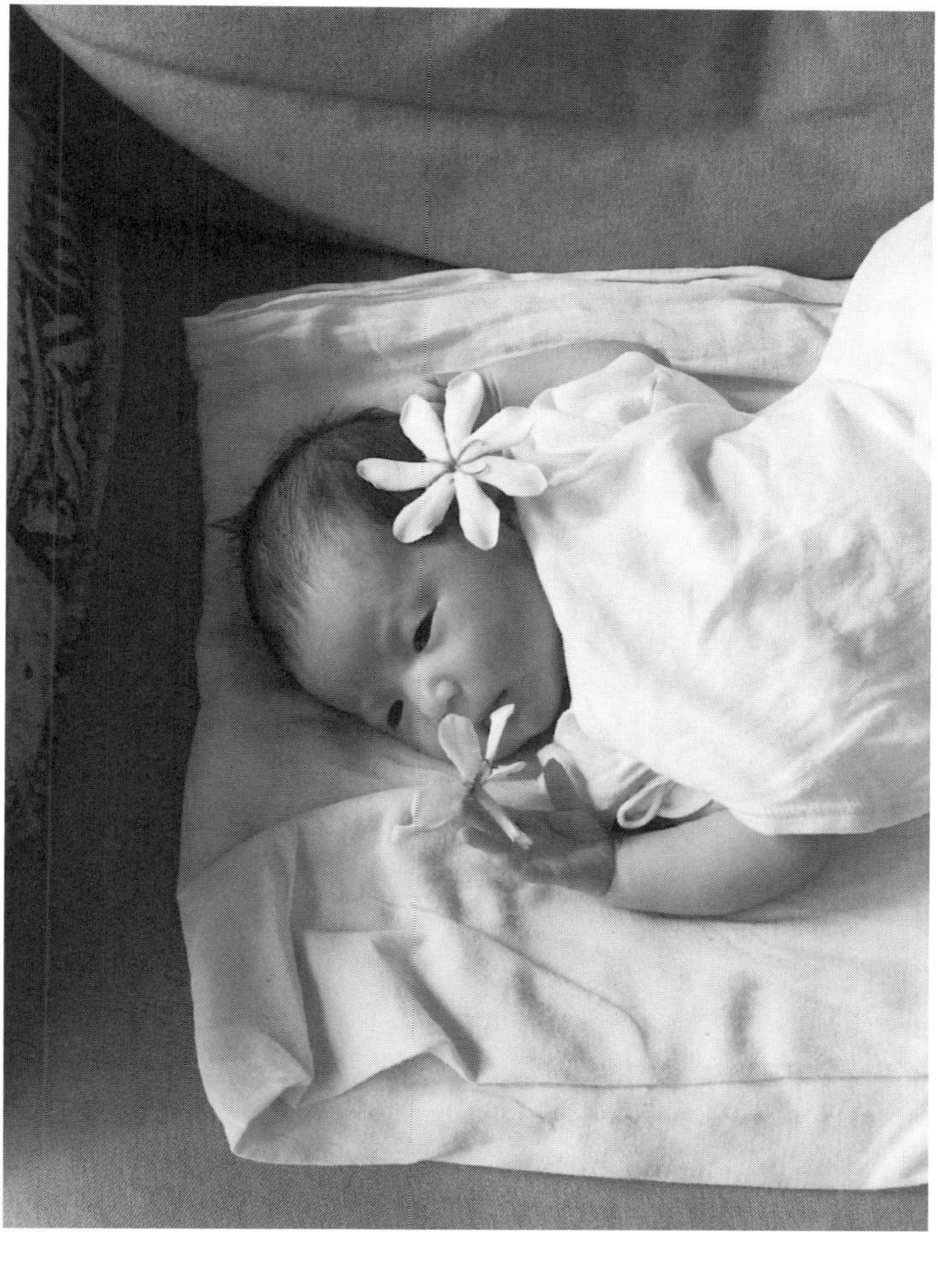

生まれて、１００日

初夏、我が家の赤ん坊は生後１００日を迎えた。

「もう１００日も経ったんだなぁ」というよりも、「まだ１００日しか経っていないとは！」と、心底驚く。

24時間体制で赤ん坊につきっきりの時間の流れは、体感よりもずっとずっと永く感じる。

思うに、脳のどこかの器官が無意識のうちに、麻痺《まひ》というか省エネモードになっているのではないか。

それに反して赤ん坊は、刻一刻と目をみはるほどに成長している。まるで種から芽吹いた双葉のように、土（わたし）を養分にしながら、新鮮かつみずみずしく、ぐんぐんと大きくなっている。

わたしたち家族に加わった、あたらしい人間をつぶさに観察しながら、それに伴う

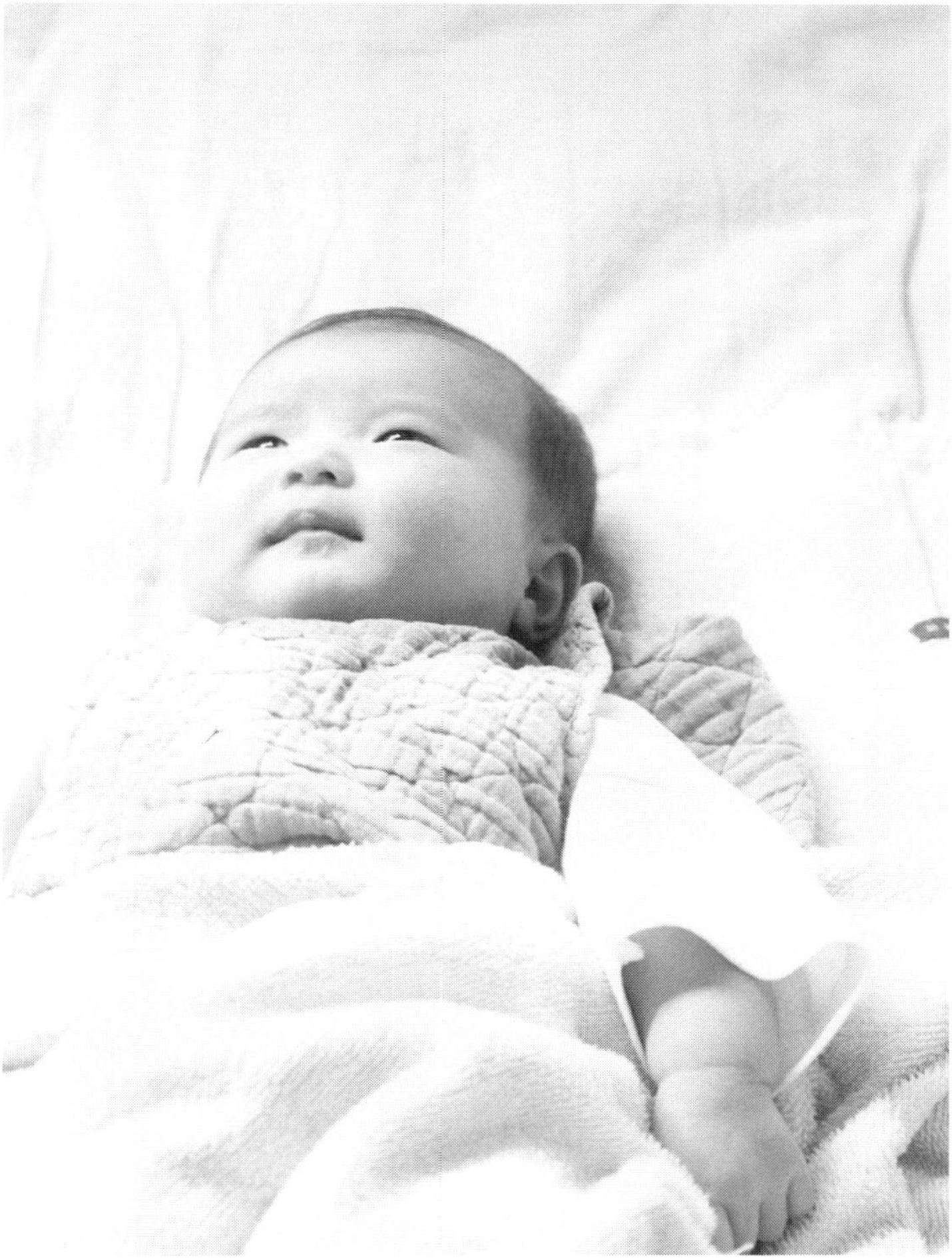

仔細な選択の繰り返しの日々を送っている。

泣いたらまずおっぱい。ひんぱんに替えるおむつは、めくるめく白布のはためきが一日に20枚。抱っこして（おんぶはまだ首が据っていないのでできない）、機嫌が良いうちにソファに座らせ（というかソファのくぼみに押し込んで）、その間にわたしは光の速さでたまった家事を片っ端からやっつける。

「ふう」と、ひと息ついたところで、赤ん坊はさもこのタイミングを見計らったかのように「えっえっ」と泣き始める。おっぱい、おむつ……いつもの繰り返し。でも、不思議と飽きることがない。

このルーチンのなかで、彼女（赤ん坊は女の子）の性質がじんわりとわかってきたような。まぁ、「性格」とまではいかなくても、「気質」は１００日の段階でもなんとなーくつかめる。

そしてつくづく、ここまで「人」と距離を置かずに付き合うことは、人生のなかでもそうそうないなぁと思う。今のところ彼女とは10分たりとも離れたことはなく、もちろん保護の手が必要だから当たり前のことではあるけれど、これだけふたりでくっついていたら、さすがに相手がまだ言葉が通じなくても、おおかた理解できるだけの情報は得ることができる。そしてこの情報収集期間が、今後のキーになる。

実際に上の子ふたりが赤ん坊だった頃感じた印象は、今となってもあまり変わりはない。穏やかでマイペースな長男、気が強くて感情的な長女。同じように育てたつもりでも、ちゃんと違う。それが生まれ持った気質というものの「純粋さ」だろう。

誰にでも気質があり、それは「個性」とも呼べるし、のちに「役わり」とも言うのかもしれない。そう考えると、生まれたての人間に、いいも悪いもないのだなぁと思ってしまうのは、わたしだけだろうか。

おのおのの「個性」は、社会のなかでたくさんの他者を通じて、はじめて覚醒《かくせい》する。でこぼこであやふやな個性が、経験によって磨かれ研ぎ澄まされて、「役わり」になる。

この先子どもたちは、いろいろな人と出会い多くの感情に触れるだろう。そのときはぜひ、機転が利く、アドリブが使えるしなやかさを持ってほしい。というか、これまで子どもたちに「～を持ってほしい」なんて思ったことはたとえ「夢を持ってほしい」ということすら、一度もなかった。でも、「どうか、くぐり抜けて」という意味で、あえて「持ってほしい」と言う。

今、赤ん坊はソファで寝息を立てている。水風呂に入ってさっぱりしたのか、おっぱいを飲んだらすとんと眠ってしまった。

赤ん坊を囲む停電の夜

夕飯時、びゅーんと窓を打ち付ける強風が吹いたかと思ったら、ダダダダッと大きな雨粒が降ってきた。

まもなくパチッとブレーカーが落ちて、瞬《また》く間に辺りいっぺん闇に包まれた。

その夜の献立は、ゴーヤーの揚げ浸し、新玉ねぎと豚肉の炒め、レタスとアボカドのツナサラダ、高野豆腐と里芋の煮物、白米、だった。

「いただきます」と言ったのもつかの間、「ろうそく出して」「この懐中電灯、電池が切れてるよ」などと、灯りを確保するためにぱたぱたと動く。小さなろうそくを2つとも灯し、気を取り直して夕飯を食べた。息子が「ちょうどいいときに停電だなんてついてないなぁ」とぼやいた。

「お母さんにとってみれば、料理の最中でなくてよかった」と言うと、「そっか、作っているときに急に消えたら料理する気がなくなっちゃうもんね」と、わかるわかるというふうに息子は言い直した。キャンドルナイトのディナーは濃い目のおかずの味付けが白いごはんとよく合い、気がつけば、子どもたちのごはんのおかわりは3膳目。「せっかくだから」と、ビールもコップ一杯のんだ。

食後、うつわを洗おうと腰をあげると、夫が「そんなのは明日、明るくなってからでいいんじゃない」と言った。一応ろうそくをシンクの近くに持っていくと、思ったよりずっと明るくて、洗い物くらいだったらなんの不自由もなさそう。「キャンプみたい。この明るさなら大丈夫」。それでもうっかりビールのグラスを割らないように、慎重に手元を動かしながら片付けた。それに、洗い物を次の日に持ち越すのは昔からどうも苦手なのだ。「電気より、水がないほうがよっぽど困るね」と言うと、「〝困る〟の質がぜんぜん違う」と夫も同意した。その理由は明白。電気は電力会社がなんとかしてくれるから、ある程度は大船に乗ったつもりで「ま、いいか」と構えられるけど、水は自分たちでホースをつないで山から引いているので、ホースが流されてはいないか、詰まってはいないか、とその確認をするのでも、かなりの傾斜のある山を登らなくてはならない。だから水が滞りなく流れていると、それだけで停電はしているけど気分的にはずっとらくなのだ。

冷凍庫には昼間作ったチョコアイスがいい具合に凍っているだろう。今夜中にそれを食べないと明日には溶けてしまう。

外は、目の前の川がものすごいありさまになっているだろう。聞こえてくる音だけでもよくわかる。水量はいつもの何十倍だろうか、ごうごうとまるでナイアガラの滝のふもとに居るかのようだ。

明日、父と母とが空港に到着するので迎えに行くつもりだったけれど、このまま行けばわたしたちはここから出られそうもない。どうあがいてもこの川は渡れないだろう。宿泊を予定していた那覇のホテルに電話して、この状況を伝え、一部屋だけキャンセルしたいとお願いすると、「理由が理由ですから、キャンセル料はいただきません」と、ありがたい対応をしてくれた。父たちはそのままホテルに1泊してもらい、川の水が引けたら迎えに行こうと思う。

でもここ2、3日、赤ん坊が風邪を引いて本調子ではなかったから、ここは無理せずもうひと晩静かに過ごしなさいよ、ということなのかもしれない。

微熱のせいで、赤ん坊はぐずりがち。今もギャオギャオ泣いている。様子を見に行ったら、ろうそくの灯りのもと、夫と息子と娘、3人がかりで「ねーむれ、ねーむれ、はーはのーむーねーに」と子守唄を歌っていた。その光景を見て、「停電もいいものだなぁ」と思ってしまった。

そして今、赤ん坊も眠り、部屋のなかはすっかり静かになった。外は相変わらずの豪雨だけど、こんな嵐でもカエルや虫は雨宿りに最適な場所を見つけ、ゲコゲコ、ジージーと賑やかなおしゃべりに興じている。それだけで、やけに安心する。

家族5人（＋犬）、離島キャンプへ

沖縄に暮らしていると、「近いからいつでも行けるだろう」と、離島への道が先送りになってしまう。

慶良間《けらま》諸島に行ったのも、かれこれ3年前の話になってしまった。

そんななか、伊平屋《いへや》島に行ってきた。というのも、気の滅入るような心配ごとがまずは一段落し、「お祓い」と「祝杯」の意味を込めて、この離島行きを決めた。

前日の夜、「明日、伊平屋島にキャンプしに行くかも」と、断言はできないといったふうに子どもたちには伝えてはみたが、天気予報を確認した時点で、もはや伊平屋行きは確定していた。

あくる日は快晴、抜群のキャンプ日和。気分上々で名護のスーパーマーケットへ食材の買い出しに行くと、そこには溢れかえる買い物客。「何事？」と訝《いぶか》しがりながら店内を回ると、平時はまず売っていないような、たとえばサトウキビや果物セット、豪華なオードブルなどが所狭《ところせま》しと並んでいる。「これはもしや……」さっと脳裏をよぎったのは、「お盆」のふた文字。

沖縄のお盆は旧盆がメインのため、うっかりしていると取り残されてしまう。たいがいの店は休みになり、ましてや海や川に入るなんてもってのほか。

店を出たところにあるサーターアンダギー屋（沖縄版揚げ菓子）の売り子のおばさんに「お盆はいつからですか」と聞くと、「明日からさー。嫁も内地の人だから〝迷信〟とか言うけどさー、昔からの言い伝えだから海や川に入るなんてぜったいにやめなさいよー。死んだ人には良い死に方した人もいるけどさ、そうじゃない死に方した人もいーっぱいいるさーね。そんな人が泳いでる人の足を引っ張るって言うよ」と、まるでわたしたちの伊平屋行きを知っているかのような言い方をした。そのうえ怪談話のような神妙な面持ちで言うもんだから、ますます「うーん」と悩んでしまった。

離島に行くのに海に入れないとなるといったい何しに行くのかわからない。絶妙なタイミングにバツの悪さを感じつつ、昼ごはんに友だちが働くそば屋に行った。そこであっさり「大丈夫じゃない？」と、ウインクしながらかるーく言われ、「だよね」と楽観視する。とはいえ、こういったことを軽視するのはよくないこともわかっているので、「ご先祖様にしっかりお願いして、足だけぱちゃぱちゃ入らせてもらって遊ぼうね」そう子どもたちに伝えると「えー、やだ怖い」と今からすでに入る気が失せているではないか。

それでも「まぁ、行けばなんとかなるさ」と、買い込んだ1ダースのビールを横目に見ながら、ぎりぎり向かう気持ちだけは失わなかった。

今帰仁の運天《うんてん》港はのんびりとした雰囲気で、立派なカーフェリーに反して客数はまばらだった。そんな貸切状態だったのがよかったのか、デッキに陣取った子どもたちは大いに80分の船旅を楽しめたらしく、「イルカの群れ見ちゃった！」と興奮していた。フェリーは巨体をこすりつけるようにコンクリートの港に乗り付け、客員は素っ気なく乗客をさばいた。わたしたちは大量の荷物を（犬も含む）積み込んだマイカーに乗り込み、いざ目当てのキャンプ場へ。

適度に整備されていたそのキャンプ場は、夏の繁盛期をくぐり抜けたばかりのせいか、若干に伸びた芝生がいくぶんくたびれた雰囲気をかもしていた。管理人の（退職後の余生をここで送っているのだろう）白髪のおじさんは、「好きなとこ、いいよ」とぶっきらぼうに、あとは勝手にやってくれというような感じで、振り向きもせずにそそくさとクーラーで快適な事務室に戻っていった。

わたしたちはさっそくあたりをロケハンし、風の抜けがよく浜辺にも炊事場とトイレにも近い一等地を確保した。テントを張るのは夫と息子の仕事。わたしは荷ほどきしながら束の間の野外リビングを作り、そのあいだ娘は拾ってきた珊瑚と摘んだ花を切り株に並べ、祭壇のようなものを作っていた。「ママ、ここで手を合わせてもいいよ」娘にそう言われるまま、「お盆ですが、どうか無事にキャンプさせてください」と、土地の神様に祈りを捧げた。その様子を娘はじっと背後から見守っていた。

1年に数日、海や川が人間たちの力の及ばないようなおそろしいものに変わる。水のいのちがふうっと息吹き、無数のたましいをさまざまな場所にみちびく運河となる。けっして目には見えないものの存在を、子どもたちはリアルに感じているのだろうと思う。たとえばこれが水ではなく、仮に「レゴブロック」だとしても、同じように畏敬《いけい》の念を払うんじゃないかと思う。こんなふうに自然に振る舞えるのは、きっとこの国にうまれた「印」みたいなものなんじゃないかな。有形無形にかかわらず、すべてのものにいのちは宿るということを、子どもたちは全身で知っている。

そんなことを考えながら、その日の夜はテントで眠った。初テントの赤ん坊は、すでにとなりですやすや寝ており、お腹を上下に柔らかく動かしながらあたたかな息をしていた。

次の日の朝食はサンドイッチ。パンにオリーヴオイルと塩を振り、薄くスライスしたきゅうりを挟む。クーラーボックスに入っていたきゅうりはパリッと冷たくて夏の朝らしいサンドイッチに仕上がった。珈琲をおとし、マンゴーをかじる。折りたためる軽量パイプの椅子に座りながら、日常から解放された責任のない心地よさに伸びをした。

そのうち夫が急かす。「今のうちに動かないと日差しが強まるよ」それもそうだ。暑くなる前に、風が通り日陰もちゃんとあるような海岸を探さないと。

こうしてちいさな島を巡ったわたしたちは、適度な節度と距離感をもって海で過ごし、昼夜兼用のカレーを作って食べた。この島をぐるっと1周したけれど、伊平屋の海は泣きそうなくらいきれいだった。塩水と知っていても、もしかしたらかすかにペパーミントの味がするんじゃないかってくらいグリーンだった。

「また来るよ！　今度はお盆じゃないときに！」帰りのフェリーの上で、島に向かってみんなで叫んだ。

いろいろな子どもがいて

3児の母となった。実感はあまりない。

そんななかでも「子ども」との暮らしはとても楽しく、何かあったときには、自分のなかに潜在しているあたらしい感情と出合う。子どもとおとなのやり取りを見ていると、ときにちいさな「嘘」が見え隠れすることがある。おとなのつく嘘は、「から威張り」とか「しがらみ」とか「事情」とか、そんな類いの言葉を差し替えることもできる。それがあからさまだと、見ているこっちがドキドキしてしまう。

そういうことってないですか?

うちの子どもたちは、いわゆる学校に通っていない。今でこそ、そういった「選択」をする子どもも増えたけれど、田舎ではまだまだ少数派だ。一度なんかは、宗教じゃないか、と疑われたくらい。でも気持ちはよくわかる。わたしも「行かない」という選択が可能だなんて夢にも思わなかったから。そして、反骨な精神なわけでもなくいたってフツーに「そんなに行きたくなかったら、しばらくお休みすればいいよ」くらいのラフな姿勢を貫いている。それでも、心配してはいろいろ助言をしてくれる人もいる。彼らに共通しているのは、「おとなになったらどうするの？」ということ。「そんなんじゃ、この世の中で生きていけないよ」ということ。そのたびに、「またこのパターンじゃーん」って思う。いや、すみません。

たとえば、醤油でもいろいろなメーカーやブランドがあって、味も濃さもそれぞれ違う。消費者は自分の好みの醤油を選び、料理に使う。服も、パソコンも、宅急便も、本も、車も、野菜も、家も、だいたいは自分で選んでいる。それなのに、なぜ教育だけがこんなにも種類がないんだろうか。なぜ、人によっては泣いてまでして行かないといけないのだろうか。

「楽しいから行く。勉強って楽しい」子ども時代はイケイケのキラキラ。たくさん遊んでいろんな年齢の人間と接して話してぶつかりあって、どんどんやりたいことをやってほしい。

西へ南へ

311をきっかけに沖縄に移住した人は、わたしたちもそうであるように、沖縄が好きで好きでいつか住みたいと思ってやってきた人たちとは動機が決定的に違う。震災のとき、とにかく車を西へ走らせ転々とし、鹿児島からフェリーに乗ったのは震災から3日後。

たどり着いたこの島で、そして自分たちの置かれた状況に（たとえ自分で選んだとしても）おおきく戸惑いを抱きながらも、あれから4年のときが経ち、少しずつ沖縄のスケールに馴染んできたような、そんな気がする。あのときはほんとにこの先どうなるのか見当もつかなかったのに、セルフビルドで家も建て、3人目の子どもはこの島で生まれた（どちらも予想だにしなかった！）。今では、那覇の空港に降り立つと、「ああ、帰ってきたなぁ」と安堵する。むうっとする熱帯の空気を吸い込むと、細胞のぷちぷちが弾けるようだ。

変化することは、変化したいと思って超えるものではなく、超えなければならない出来事がやってきたとき、それと向かい合うこと自体がもう変化していることだ。

「移住してよかったですか?」と、ときどき聞かれることがある。「はい」とも「いいえ」ともどちらもしっくりこない。きっと、移住してもしていなかったとしても、どっちにしても「今がいちばんいい」と言いたいのだと思う。今を肯定する材料を集め、それをちいさくて柔らかくてもろい「箱」に大切にため込んでいるような暮らし。変わることが当たり前の暮らし。経験することが宝だと、つくづく思う。

あとがき

ある満月の夜、縁側でながらく月を眺めてたら、無性に懐かしい気持ちに包まれました。はるか昔の、遠い遠い記憶が息を吹き返すような、そんなふうわりとしたあたたかい気持ちになったのです。過ぎ去った時は、風が止んで穏やかな海を連想させます。そしてそんな月とは対照的に、太陽は眩しくてとても直視できない、と気が付きました。
「そうか、月は過去で太陽は未来なんだ」とひらめくように落ちてきた言葉。太陽は、しかと見ることはできないけれど、誰もに降りそそぐひかりは、かならず導かれる場所を照らしている。

さぁ、この先いったいどこへ導かれるのでしょう。あなたも、わたしも。自分が決めているようで、ほんとはすでに決まっている。そんなふうに思っています。

この本をつくるにあたり、編集の松田さんは2度もジャングルの家を訪ねてくれました。はるばる、ほんとうにうれしかったです。

そして、移住してからの5年をつづった本なので、暮らしに変化はたくさんあったりで、なんというか……備忘録のような1冊でもあります。わたしはすぐに忘れるので、ぜひとも今後の参考にしたいと思います（笑）。

special thanks family&friends
r.i.p raji&tao

根本《ねもと》きこの　島《しま》ぐらし　島りょうり

平成28年3月10日　初版第1刷発行

著　者　根本きこ
発行者　辻 浩明
発行所　祥伝社
〒101-8701
東京都千代田区神田神保町3-3
☎03(3265)2081（販売部）
☎03(3265)1084（編集部）
☎03(3265)3622（業務部）
印　刷　萩原印刷
製　本　関川製本

ISBN978-4-396-61555-0 C0077
Printed in Japan
祥伝社のホームページ・http://www.shodensha.co.jp/